掬雲偶拾 陈武随笔

掬雲居序跋

陈 武/著

古吴轩出版社

中国·苏州

图书在版编目（CIP）数据

掬云居序跋 / 陈武著 . -- 苏州：古吴轩出版社，2020.1

（掬云偶拾·陈武随笔）

ISBN 978-7-5546-1340-5

Ⅰ . ①掬… Ⅱ . ①陈… Ⅲ . ①随笔－作品集－中国－当代 Ⅳ . ① I267.1

中国版本图书馆 CIP 数据核字（2019）第 234069 号

责任编辑：蒋丽华
见习编辑：闫毓燕
策　　划：崔付建　秦国娟
封面题签：葛丽萍
装帧设计：Amber Design 琥珀视觉

书　　名：掬云居序跋
著　　者：陈　武
出版发行：古吴轩出版社
　　　　　地址：苏州市十梓街 458 号　　　邮编：215006
　　　　　Http：//www.guwuxuancbs.com　　E-mail：gwxcbs@126.com
　　　　　电话：0512-65233679　　　　　　传真：0512-65220750
出 版 人：钱经纬
印　　刷：三河市华东印刷有限公司
开　　本：787×1092　1/32
印　　张：7.75
版　　次：2020 年 1 月第 1 版　第 1 次印刷
书　　号：ISBN 978-7-5546-1340-5
定　　价：48.00 元

目
录

上 编

下　编

上　编

"周瘦鹃自编精品集"编后记

　　1953年3月由上海出版公司出版的周作人的《鲁迅的故家》里，有一篇《周瘦鹃》的文章，文章不长，全文如下：

　　关于鲁迅与周瘦鹃的事情，以前曾经有人在报上说及，因为周君所译的《欧美小说译丛》三册，由出版书店送往教育部审定登记，批复甚为赞许，其时鲁迅在社会教育司任科长，这事就是他所办的。批语当初见过，已记不清了，大意对于周君采译英美以外的大陆作家的小说一点最为称赏，只是可惜不多，那时大概是民国六年夏天，《域外小说集》早已失败，不意在此书中看出类似的倾向，当不胜有空谷足音之感吧。鲁迅原来很希望他继续译下去，给新文学增加些力量，不知怎的后来周君不再见有著作出来了，直至文学研究会接编了《小说月报》，翻译欧陆特别是弱小民族作品的风气这才大兴，有许多重要的名著都介绍来到中国，但这已在五六年之后了。鲁迅自己译了很不少，如《小约翰》与《死魂灵》都很费气力，但有两三种作品，为他所最珍重，多年说要想翻译的，如芬兰乞食诗人丕威林太的短篇集，匈牙利革命诗人裴彖飞的唯一小说，名叫《绞吏之绳》的，都是德国"勒克兰姆"丛刊本，终于未曾译出，也可以说是他未完的心愿吧（在《域外小说集》后面预告中似登有目录，哪一位有那两册初印本的可以一查）。这两种文学都不是欧语统系，实在太难了，中国如有人想读那些书的，也只好利用德文，英美对于弱小民族的文学不大注意，译本殆不可得。

在这篇文章里，周作人很明白地说明了当年周瘦鹃出版《欧美小说丛刊》时，鲁迅对这部作品的看重，用"空谷足音"来赞美。不久后，周作人在另一篇文章《鲁迅与清末文坛》里再次提到这个事，说到鲁迅对清末民初上海文坛的印象时，"不重视乃是事实，虽然个别也有例外，有如周瘦鹃，便相当尊重，因为所译的《欧美小说丛刊》三册中，有一册是专收英美法以外各国的作品的。这书在一九一七年出版，由中华书局送呈教育部审查注册，发到鲁迅手里去审查，他看了大为惊异"，鲁迅还把书稿"带回会馆来，同我会拟了一条称赞的评语，用部的名义发表了出去。据范烟桥的《中国小说史》中所记，那一册中计收俄国四篇，德国二篇，意大利、荷兰、西班牙、瑞士、丹麦、瑞典、匈牙利、塞尔维亚、芬兰各一篇，这在当时的确是不容易的事了"。周作人在文章里所说的《欧美小说译丛》和《欧美小说丛刊》，就是周瘦鹃那本《欧美名家短篇小说丛刊》的简称。周瘦鹃的这部翻译作品，能得到鲁迅的赞誉，固然和鲁迅、周作人早年翻译的小说不成功有关系，更主要的还是因为鲁迅有一颗公平公正、重视人才的心。确实，勤奋的周瘦鹃，在他二十多岁的年纪，就取得如此大的成就，配得上鲁迅的称赞。后来，他又把多年翻译的作品，经过整理，于1947年出版了《世界名家短篇小说全集》（全四册）。

周瘦鹃的写作，一出手就确定了他的创作方向，即适合市民大众阶层阅读的通俗文学。他发表的第一篇作品《落花怨》（1911年6月11日出版的《妇女时报》创刊号），就带有浓郁的市井小说的味儿，而同年在著名的《小说月报》上连载的八幕话剧《爱之花》，同样走的是通俗文学的路子，迎合了早期上海市民大众的阅读口味，同时也形成了他一生的创作风格。继《爱之花》之后，他的创作呈现"井喷"之势，创作、翻译同时并举，许多大小报刊上都有他的作品发表，一时成为上海市民文化阶层的"名人"，受到几代读者的推崇。针对他的小说创作，著名学者范伯群先生将其大致分为"社会讽喻""言情婚姻""爱国图强"和"家庭伦理"四大类。"社会讽喻"的代表作有《最后之铜元》《血》《十年守寡》《挑夫之肩》《对邻的小楼》《照相馆前的疯人》《烛影摇红》等，"言情婚姻"类的代表作有《真假爱情》《恨不相逢未嫁时》《此恨绵绵无绝期》《千钧一发》《良心》

《留声机片》《喜相逢》《两度火车中》《旧恨》《柳色黄》《辛先生的心》等，"爱国图强"类的代表作有《落花怨》《行再相见》《为国牺牲》《亡国奴家里的燕子》等，"家庭伦理"类的代表作有《噫之尾声》《珠珠日记》《试探》《九华帐里》《先父的遗像》《大水中》等。他的这些成就，不仅使他在大众读者的心目中影响深远，同时也让他得到了鲁迅等人的肯定。1936年10月，鲁迅等人发起成立文艺界抗日统一战线，周瘦鹃作为通俗文学的代表，也被鲁迅列名参加。周瘦鹃在《一瓣心香拜鲁迅》中还深情地说："……鲁迅先生等发起文化工作者联合战线，共御外侮，曾派人来要我签名参加，听说人选极严，而居然垂青于我，鲁迅先生对我的看法的确很好，怎的不使我深深的感激呢？"翻译和创作通俗小说之外，周瘦鹃还创作了大量的散文小品。他的散文小品题材广泛，内容驳杂，有花草树木、园艺盆景、编辑手记、序跋题识、艺界交谊、影评戏评、时评杂感、书信日记等涉及社会生活的多个方面。此外，周瘦鹃还是一位成就卓著的编辑出版家。他前半生参与多家报纸杂志的创刊和编辑工作，著名的有《礼拜六》《紫罗兰》《半月》《紫罗花片》

《乐园日报》《良友》《自由谈》《春秋》《上海画报》《紫葡萄画报》等，有的是做主编，有的是做主持，有的是做编辑，有的是做特约撰述。据统计，在1925年到1926年的某一段时间内，他同时担任五种杂志的主编，成了名副其实的名编。另外，他还写作了大量的古典诗词，著名的有《记得词》一百首和《无题》前八首、《无题》后八首等。

周瘦鹃一生从事文艺活动，集创、编、译于一身，在创作方面，又以散文成就最大，其中的"花木小品""山水游记""民俗掌故"被范伯群称为"三绝"（《周瘦鹃论》范伯群著）。而"三绝"之中，周瘦鹃对"花木小品"情有独钟，不仅写了大量的随笔小品，还成为闻名天下的盆景制作的实践者。据他在文章中透露，早在20世纪30年代初期，他就在苏州王长河头买了一户人家的旧宅，扩展成了一个小型私家园林，从此苏州、上海两头跑，两地都成了他的活动基地，在上海编报刊搞创作，在苏州制作盆栽、盆景。而早年在上海选购花木盆栽的有关书籍时，还曾巧遇过鲁迅，在《悼念鲁迅先生》一文中，他透露说："记得三十余年前的某个春天，一抹斜阳黄澄澄地照着上海虹口施高塔路（即今之山阴路）口一家日本小书店，照在书店后半间一张矮矮的小圆桌上，照见桌旁边藤靠椅上坐着一位须眉漆黑的中年人，他那瘦削的长方脸上，满带着一种刚毅而沉着的神情。他的近旁坐着一个日本人，堆着满脸的笑正在说话。这书店是当时颇有名的内山书店，那日本人就是店主内山完造，而那位中年人呢，我一瞧就知道正是我所仰慕已久的鲁迅先生。"买有关盆栽的书而邂逅鲁迅先生，周瘦鹃自称是"三生有幸"，而此时，他还不知道鲁迅曾经大加赞赏他的《欧美名家短篇小说丛刊》。鲁迅也偶尔玩盆景，他在散文集《朝花夕拾·小引》里，有这样一段话："广州的天气热得真早，夕阳从西窗射入，逼得人只能勉强穿一件单衣。书桌上的一盆'水横枝'，是我先前没有见过的：就是一段树，只要浸在水中，枝叶便青葱得可爱。看看绿叶，编编旧稿，总算也在做一点事。"这个"水横枝"，就是盆栽之一种，如果当时周瘦鹃能够和鲁迅相识，或许还会讨论一下盆栽制作。

1949年以后，周瘦鹃定居苏州，并自称苏州人，把全部的精力都投入到盆栽、盆景的制作中去，在

《花花草草·前记》中，他写道："我是个特别爱好花草的人，一天二十四小时，除了睡眠七八小时，和出席各种会议或动笔写写文章以外，大半的时间，都为了花草而忙着。古诗人曾有'一年无事为花忙'之句，而我却即使有事，也依然要设法分出时间来，为花而忙的。"在忙花忙草忙盆景的同时，他的作品也越写越多，大部分都是和花草树木有关的小品散文，这方面的文章，也是他一生创作的重要部分。1955年6月，他在通俗文艺出版社出版了一本《花前琐记》，首印10000册，共收以种花植树盆栽为主的小品随笔37篇；1956年9月，在上海文化出版社出版了《花花草草》，收文35篇，首印20000册；1956年12月，又在江苏人民出版社出版了《花前续记》，收文38篇；1958年1月，在江苏人民出版社出版了《花前新记》，收文40篇、附录1篇，首印6000册；1962年11月，江苏人民出版社出版了《行云集》，收文19篇、附录1篇，1985年1月第二次印刷；1964年3月，香港上海书局出版了《花弄影集》，1977年7月再版；1995年是周瘦鹃一百周年诞辰，5月新华出版社出版了周瘦鹃的小女儿周全整理的《姑苏书简》，收文59篇，首印3000册，该书是周瘦鹃1962年至1966年在香港《文汇报》开辟的《姑苏书简》专栏，书名由著名民主人士雷洁琼题写，邓伟志、贾植芳分别作了序言，周全女士的文章《我的父亲》一文附在书末。

周瘦鹃一生钟情"紫罗兰"（周吟萍），他们的恋情要从周瘦鹃在民立中学任教时说起：在一次到务本女校观看演出时，周瘦鹃对参与演出的少女周吟萍产生了爱慕之情，在书信往还中，开始热恋。但周吟萍出身大户人家，其父母坚决反对他们的恋爱，加上女方自幼定有婚约，使他们有情人无法成为眷属。周瘦鹃苦苦相恋，使他"一生低首紫罗兰"，并为"紫罗兰"写了无数诗词文章，而《紫罗兰》《紫兰花片》等杂志，作品集《紫兰芽》《紫兰小谱》和书斋"紫罗小筑"、园中的"紫兰台"等，都是这场苦恋的产物。《记得词》一百首和《爱的供状》，更是这场恋情的心血之作。这套8本"周瘦鹃自编精品集"，依据的就是上述各书的版本。另外，《姑苏书简》和《爱的供状》虽然不是作者生前"自编"，但也出自作者的创作，为统一格式，也权当"自编"论，这是需要向读者说明的。

2018年5月18日初稿于燕郊

《诗书人生俞平伯》自序

　　在现代文学诸位大师中，我对俞平伯有一种特别的喜欢——说不上为什么，在那一代文化人中，他的性格、行为和作品，乃至家世，都让我从情感上向他靠近。

　　早先，对他作品的了解，只是通过上海书店出版的一本《读词偶得》。那是1985年冬天，我住在东海县西双湖边一个偏僻的大院里，有大把的时间读书，毫无目的，只把读书当成消磨时光的手段。后来又买到一本《冬夜》，是湖南文艺出版社出的。这两本书都很简朴，是我较早的藏书，至今还在我的书架上。在书房里喝茶、闲读，不经意间会看到这两本书，一本谈古词，一本是新诗创作集，抽出来翻翻，依然感到那么亲切。

真正深入读俞平伯的作品，始自百花文艺出版社出的那本《俞平伯散文选集》，那是1992年夏秋之际，我住在新浦后河底一处破旧的小耳房里，把这本散文集读了好几遍，初步认识了俞平伯散文的精致、绵密和细腻，也知道了散文原来可以这么写。这之后，只要看到俞平伯的书，或关于他的书，我都要买。有的也并非一定要读，只是出自对他的喜欢、对书的喜欢，买来了也就踏实了。现在，包括十卷本的《俞平伯全集》在内，我有他的各种作品集三十余种。

一直以来，读写书评书话类文章成为我的习惯。十多年前，也尝试写过几篇关于俞平伯的小文章，都是从人家的作品里东拼一块西凑一点，以为得到什么稀罕材料，后来读多了，才知道俞氏那点掌故和逸事，基本上人尽皆知，但这不影响我敝帚自珍地把这几篇小文收在自编的一本《南窗书灯》书话集里。

在动笔写这篇序文之前，再看那几篇书话时，曾惊讶于自己会写这样的文章，它们过于闲适和空洞了，一点自己的观点和思想都没有，完全是对俞平伯作品写作时间、发表时间的罗列和"考证"，再加上所发表的杂志介绍和同时代作家对他评价的摘录，一篇书话小文就写成了。

　　对于即将写作的这本书，惶恐中有些兴奋。系统地写一本我喜爱的现代文学大师的随笔，这还是第一次。试试看吧。

2012年12月8日于新浦河南庄

《林斤澜谈汪曾祺》后记

林斤澜写了多年小说，后来也写散文随笔，总量不比小说少。

林斤澜的散文随笔，特别是与创作有关的随笔，谈鲁迅的最多，"开口必谈鲁迅"成为一段时间的"常态"。谈鲁迅，又以谈鲁迅的小说居多。谈鲁迅的小说，又以谈《孔乙己》为最。

除了谈鲁迅，就是谈汪曾祺了。

林斤澜和汪曾祺的故事能说很多，一起喝酒，一起出游，一起参加笔会、研讨会、对话会。二人惺惺相惜，互相欣赏，也抬过杠。在近半个世纪的交往中，汪曾祺写过林斤澜，比如《林斤澜的矮凳桥》。而林斤澜写汪曾祺的则更多，粗略统计一下，有《真与假》《散文闲话》《呼唤新艺术——北京短篇小说讨论会上的发言》《风情可恶》《"若即若离""我行我素"——〈汪曾祺全集〉出版前言》《短和完整》《点评〈陈小手〉》《拳拳》《嫩绿淡黄》《旧人新时期》《注一个"淡"字——读汪曾祺〈七十书怀〉》《纪终年》《〈纪终年〉补》《安息》《汪曾祺：一棵树的森林》等。这些篇目中，只有个别篇目是附带写的汪曾祺，其余都是专门写汪曾祺的，写人、谈义、记事的都有，有的文章写于汪曾祺生前，有的写于汪曾祺去世以后。另外还有几次和汪曾祺等人对谈的"对话录"，如《关于现阶段的文学——答〈当代文艺思潮〉编辑部问》《社会性·小说技巧》《漫话作家的责任感》等。至于在多篇文章或讲课中涉及汪曾祺的相关言论和对汪曾祺作品的点评，就更是不计其数了。

那么，林斤澜都是怎么说的呢？

1986年的某个时候（《林斤澜全集》所收的文章都没有写作日期和发表日期），在中国作家协会鲁迅文学院里，林斤澜有一个讲话（授课），在说到"小说散文化"的时候，他说："好的散文化小说家，主要是靠感情。这种感情表现也不是一般化的。散文化小说写得好的有许多人，其中在老作家中汪曾祺可以算为一名，他的小说确实是散文化，具有散文美。他自己是主张散文化的，汪曾祺的作品是拥有广大读者的，有些读者甚至是到了崇拜的地步，迷上了汪曾祺的作品。"然后，又讲汪曾祺的《受戒》，认为《受戒》中写佃户的生活是很好的，庙里和尚们的生活也是很好的，小说中表现的生活是很温暖的，所写的恋爱故事也是很美的，一点也没有掺上阴暗的色彩，写得很宁静。汪曾祺小说创作像一面明净的玻璃窗。关于汪曾祺小说"散文化"的论述，林斤澜洋洋洒洒讲了几分钟。从后来以这个讲话为基础整理的文章看，谈汪曾祺的那一段，有千余字。

关于这篇《受戒》，林斤澜除了在讲课时经常作为例文讲解，还津津乐道地多次在文章中提及，在《真与假》里，他说："《受戒》，它很散文化，这里一段，那里一段，并不按照一条戏剧线索把它组织起来，是散的，它写的是解放前和尚庙里的事，既没有反映宗教问题，也没有反映人与人之间的压迫与被压迫的关系，但作品中的那些片断和细节后面，隐蔽着这样一个东西，就是生活的欢乐，健康的、正常的、青春的欢乐。"在《拳拳》一文里，又分了若干个小标题，在《多能钥匙》一节中，林斤澜从美学意义上，对《异秉》《受戒》《大淖记事》等名篇进行了分析，他说："汪多次表白'追求和谐'，'不求深刻'。小说若分'求美''求真'两条路，他的名篇都因由'美学情感'的启动。"又说："当今官场看重长篇，商场看好长篇，文场百儿八十万不稀罕。沈汪师徒都做短篇胜业，七八十年前，沈就说短篇于官场商场都没有出路。只有极少数人为艺术，才写短篇，结论竟是短篇必有前途。前几年汪一再说：'短，是现代小说的特征之一。''短，才有风格。现代小说的风格，几乎就等于：短。''短，是出于对读者的尊重。''短，也是为了自己。'"这里所说的沈，就是汪曾祺的老师沈从文。林斤澜对汪曾祺关于短篇小说的议论列举了这么多，是同意汪曾祺的观点的，即小说要写短。其实，观察林斤澜一生的创作生涯，他都是短篇小说的实践者，也是以短篇扬名立万的。他的小说，在描写上、叙事上，都十分细致、细腻、精准，点点滴滴累积于心，有福楼拜的风采，而他的小说语言也很考究，经"嚼"，别有特色。

在《旧人新时期》里，说到汪曾祺发表在《收获》上的《〈桥边小说〉后记》里"我要对'小说'这个概念进行一次冲决"，林斤澜很感慨地认为"冲决"二字很"戳眼"。"论他的为人，似是'冲淡'；论他的年纪，又不宜'冲刺'。'冲决'和'冲刺'当然不同，但六十大几，'冲决'就差不多是'冲刺'了。"老朋友到底是互相了解的。对于汪曾祺所说的'冲决'，他自己何尝不是这样呢？20世纪80年代他在老家待了一阵子，回到北京写了一批小说，也带有"突击""冲决"的意味，而且还有变革。汪曾祺在《林斤澜的矮凳桥》里，对林斤澜从温州回来后的小说变革（"矮凳桥"系列）表示肯定："这回，我觉得斤澜找到了老家。林斤澜有了自己的思想，自己的感情，自己的语言，自己的叙述方式，于是有了真正的林斤澜的小说。每一个作家都应当找到自己的老家，有自己的矮凳桥。"

汪曾祺去世以后，林斤澜在北京短篇小说讨论会上有个发言，后来别人整理成文章的题目是《呼唤新艺术》，发言中，林斤澜说当代"专攻"短篇小说的作家很少，大家"首先想到汪曾祺"。又透露说："这个短篇讨论会，我和曾祺说过，鼓动他到会。他说有什么好说的呢？我说你最近在别的场合说过两句话，都是一提而过，没有展开。一句是你用减法写小说。再一句是没有点荒诞没有小说。"毕竟是老朋友，知根知底，林斤澜是想让汪曾祺的"小说观"有更广泛的普及。但，林斤澜伤感地感叹道："天有不测风云，言犹在耳，他可是来不了啦。两句话三句话的也听不见啦。"接下来，林斤澜又展开来谈汪曾祺的"小说观"："曾祺青年'出道'时节，就吸收'意识流'，直到晚年写作'聊斋新义'，把现代意识融进古典传奇。他说没有荒诞没有小说，由来已久。"也是在这个发言中，林斤澜透露另一个信息，就是北大教授钱理群曾在一次会议上，带来一篇汪曾祺的随笔《短篇小说的本质》，钱理群当时很兴奋，因为汪曾祺本人已经忘了有这篇文章，从未收入过集子，属于一篇"逸文"。钱先生在会上念了几段，汪曾祺关于"用减法写小说"和"没有荒诞没有小说"的两句话的意思，这篇文章里全有了。这篇文章发表在20世纪40年代的《益世报》上。从林斤澜、钱理群的言谈中，可以发现，汪曾祺从青年到老年，他的创作方法和文学观念是一以贯之的，难怪林斤澜要反复讲了。

顺便在这里说一句，在较长的一段时间内，文学界认为汪曾祺的处女作是1941年3月2日发表在《大公报》上的短篇小说《复仇》，2001年出版的《老头儿汪曾祺——我们眼中的父亲》（作者汪朗、汪明、汪朝），也"确认"《复仇》是汪曾祺的第一篇小说。书中写道："爸爸1941年3月2日在《大公报》上发表的小说《复仇》，就是沈从文先生介绍出去的。这是现在可以查到的他所发表的最早作品。"后来经学者李光荣考证，汪曾祺发表的第一篇作品，也是第一篇小说，是《钓》。《钓》发表于1940年6月22日昆明的《中央日报》上。2016年4月出版的《汪曾祺小说全编》（人民文学出版社），收录新发现的汪曾祺的小说27篇，有24篇小说发表于20世纪40年代的报刊，《钓》作为汪曾祺的处女作，也被第一次收录。《钓》就是一篇现代派小说。

正是因为汪曾祺"出道"是在"四十年代"，而林斤澜是在"五十年代"开始发表作品，所以林斤澜在作家的"年代"上，几次说汪曾祺虽然只比他大三岁，但是算是早一个"代"了。林斤澜说这个"早一代"的汪曾祺也有"癖"，比如汪曾祺很"反感"林斤澜对"风情"一词的运用。这可能是汪曾祺不多的"固执"而可爱的地方之一吧。

　　此话还要从"矮凳桥"系列小说说起。以"矮凳桥"命名的系列小说，是林斤澜一生中重要的文学创作，共有20多篇，结集有《矮凳桥风情》。在这部集子的出版前后，汪曾祺对"风情"一词，有着自己"固执"的看法。在《风情可恶》一文中，林斤澜说："不少人称汪是'士大夫文化''一脉相承'，'锤字练句的能手'，'深得×××要领'，等等。赞语不偏，不过须知不偏的后面，也有癖在。"林斤澜接着说："比方说'风情'两字，汪岂不知在古代，是风采与情趣的意思，或自然风光和人文情怀的混合，或专指男女相悦的情爱，今人也可作风俗人情的简写。汪其实最善写'风情'，小说散文无不'风情'盎然。说他不喜欢这两个字，人不爱信。说是厌恶，又怎么叫人信得下来呢！"这段话，听起来，是林斤澜帮汪曾祺在"辩解"，似乎汪曾祺本意不是这个意思。

　　汪曾祺本来只知道林斤澜写了"矮凳桥"系列小说，后来听说有了"风情"，立刻大叫"不好"。如果去掉"风情"二字，只叫《矮凳桥》，可能更能让读者发挥开阔的想象吧。但加上"风情"，为什么不好，也不见汪曾祺的高论。后来不知是有意还是无意，汪曾祺在《林斤澜的矮凳桥》的评论中，压根就没提"风情"二字。不过评论中，对"矮凳桥"系列小说的把脉还是很准确的，认为"林斤澜对他想出来的矮凳桥是很熟悉的。过去、现在都很熟悉。他没有写一部矮凳桥的编年史。他把矮凳桥零切了。这样的写法有它的方便处。他可以从不同角度来审视。横写、竖写都行。他对矮凳桥的男女老少可以呼之即来，挥之即去。需要有人写几个字，随时拉出了袁相舟；需要来一碗鱼丸面，就把溪鳗提了出来。而且这个矮凳桥是活的。矮凳桥还会存在下去，笑翼、笑耳、笑杉都会有他们的未来。官不知会'娶'进一个什么样的后生。这样，林斤澜的矮凳桥可以源源不竭地写下去。这是个巧法子"。

《北京文学》创刊五十周年的时候，专门采访林斤澜，请林斤澜谈谈当年《受戒》带来的轰动效应。林斤澜说当人们发现这篇小说时，惊呼"这是什么人？""这是什么小说？"。在回答汪曾祺的语言魅力时，林斤澜说："写小说就是写语言。"这是林斤澜的真话。他自己的小说语言，都是经过反复推敲的，都很精简。他讲汪曾祺的语言，实际上也是自己写作语言的体会。林斤澜在最初接触文艺时，就认为"语言是一切思想一切事实的外衣"，说"汪曾祺的言出如'掷地'，读者听来'作金石声'"。"汪曾祺说'写'语言，'写'，包括外衣与内容。是把语言玩到'顶格'去了。""八十年代里他还说'调理''文学语言'。这里用'调理'，不用通常爱用的'创新''树立''改造'。""还说到'在方言的基础上'，好比'揉面'，把'方言'揉进去，丰富营养。"林斤澜说的都直点要害。汪曾祺在评论林斤澜的小说集《矮凳桥风情》时，说"斤澜有一个很大的优势，他一直能说很地道的温州话"，"他把温州话融入文学语言，我以为是成功的"。这就是"揉面"。《拳拳》里有《放言方言》一节，林斤澜在调理文学语言时，也有一番议论："我以前比过揉面，要揉匀、揉透，要加水，要掺干粉。文学语言要不断揉进新鲜养分，不断地丰富。这是自己的面貌，也是民族的体态，也是文学的骨骼。这些养分大部分来自方言，或经过方言而来。一方水土养一方人，方言是一方水土语言的美，一方物质生产精神生产总和的味。"林斤澜和汪曾祺在对语言的阐释上，是趣味相投的。林斤澜自己在《论短篇小说》里，也有专门关于语言的一段："小说究竟是语言的艺术，小说家在语言上下功夫，是必不可少的、终生不能偷懒的基本功。先前听说弹钢琴的，一日不练琴，自己知道。两日不练，同行知道。三日不练，大家都知道了。"

林斤澜用心用力的一篇文章是《汪曾祺全集》（北京师范大学出版社）的出版前言。关于这部"全集"，现在看来是不"全"的。但林斤澜这篇名为《"若即若离""我行我素"》的"前言"，却非常出彩，也别有特色，其形式是节录汪曾祺文章中的一个个片断，然后再对这些片断加上一段注释式的文字。比如汪曾祺在新时期的重新"出山"，就和林斤澜有关。文中，林斤澜先是引用了汪曾祺在1982年由北京出版社出版的《汪曾祺短篇小说·自序》中的关于自己创作的经历，后写道："北京文联在文化局饭厅一角，拉上布幕，放两张写字台，整理残部、收容散兵游勇……不久，北京出版社计划一套'北京文学创作丛书'，老人新人，旧作近作，挨个儿出一本选集，这是摆摆阵容的壮举。有说，不要忘了汪曾祺。编辑部里或不大知道或有疑虑，小组里问人在哪里，也素不认识。我说我来联系吧。其实就在本地本城，也就在文艺界内（京剧团）。连忙找到这位一说，不想竟不感兴趣，不生欢喜。只好晓以大义，才默默计算计算，答称不够选一本的。再告诉这套丛书将陆续出书，可以排列后头，一边紧点再写几篇。也还是沉吟着：写什么呀，有什么好写的呀……这么个反应，当时未见第二人。"林斤澜这段"注释"，透露出两层意思：一是汪曾祺的重新"出山"，是林斤澜"苦口婆心"才促成的；二是汪曾祺当时对重新"出山"并无多大兴趣，对写什么也没有兴趣。正是因为这样的"苦口婆心"才有后来的《异秉》《受戒》《大淖记事》等名篇的问世。汪曾祺在1987年出版的自选集自序中写道："我所追求的不是深刻，而是和谐。"对这句话，林斤澜大发感慨，对当时文坛的不和谐，含蓄地进行了论述。

《短和完整》和《点评〈陈小手〉》两篇是专门谈《陈小手》的。《陈小手》是汪曾祺的名篇，谈论者很多，也多次被选进各种集子里，在小小说界，似乎更被叫响。在这两篇关于《陈小手》的点评中，林斤澜的观点是"短篇杰作"。关于《陈小手》的评论，我也多次听（读）过别人的评论，王干有一次说《陈小手》这篇小说最值得玩味的地方是最后一句："团长觉得怪委屈。"掩卷细想，确实。小说的高潮是团长一枪打死了救了他老婆和儿子的陈小手，而怪委屈的可不是他自己？

林斤澜还有一篇长文，是读汪曾祺的《七十书怀》有感而发的，题目叫《注一个"淡"字》，这也是一篇注释式的文章。汪曾祺在七十岁生日时，作自寿诗《七十书怀出律不改》，诗中有一句"书画萧萧余宿墨，文章淡淡艺儿时"。正是"文章淡淡"，打开了林斤澜的话匣子："有人慨叹只怕这样的作家，以后不大可能产生了。因为那是需要从小开始的'琴棋书画'的熏陶，今后不大会有这样的境遇。"接着，林斤澜回顾了汪曾祺的成长史：从小时候听祖父念诗、看父亲画画写字，到成为流亡学生到西南联大和沈从文交往，再到结成当年的上海"三剑客"，一直到随夫人来北京、编杂志，去往农科所、成为样板戏写手，新时期复出，"就凭这么个简历，能说'平平常常'吗"？接下来，林斤澜才"论证"出："淡"是"化"的过程，"淡"里面是"浓"的。

最近，"汪曾祺热"持续不断，我也凑个热闹，总结评论家王干、孙郁等人对汪曾祺的各种评论，总结下来是"几个打通"：一是不同地域文学特征的融会贯通。汪曾祺小说作品的地理背景大致是高邮、昆明（西南联大）、张家口（农科所）、北京（京剧院）这几个地方，故乡高邮的风土人情、西南联大的求学和昆明的生活经历、张家口的坝上风光和京剧院的沉浮浸淫，构成了他小说最鲜明的艺术特色。虽然有地域之差，在他笔下却做到了完美统一。评论家孙郁认为，汪曾祺"精于文字之趣，熟于杂学之道"，是个"杂家"。二是打通了古代文学和现当代文学的界限。汪曾祺虽然写白话文，但将唐诗、宋词、元曲和明清话本小说的精髓融入文中。三是打通了中西方文学的界限。汪曾祺的早期小说是现代派的，写得非常"时尚"，非常意识流，后来的作品更多的是体现在对人性的悲悯上。四是打通了民间文化和文人文化。汪曾祺初到北京时编《说说唱唱》和《民间文学》，接触了大量的民间文化，还整理过民间文学故事，后来又到京剧团，加上他又是美食家，不但会吃，还会做。而他小时候受祖父和父亲的影响，对中国传统的文人文化十分了解，他的许多作品明显透出民间化和文人化和谐共融的风格。五是打通了小说和散文的界限。汪曾祺的小说多用散文化的笔法，不刻意编排小说外在的情节，注重语言的留白，给人回味的空间，另外又会生发出大量的"闲笔"，看似和小说情节无关的文字，却又和通篇融为一体。六是"南北打通"。这是当代文学研究会副会长杨早说的："作家中很多南方人就写南方，北方人写北方。汪曾祺从高邮出来，到昆明，再到北京、张家口转了一圈，尽管南北各省间差异大，但无论从学养、口味，乃至方言运用上，汪老都能做到恰当的拿来主义。"杨早的"南北打通"和第一点"地域打通"异曲同工。

倾读林斤澜关于汪曾祺的文章，我们能大体上体味到上述的几个"打通"，林斤澜在不同文章里有所论述，有的讲得还很清楚。

林斤澜还有两篇专写汪曾祺的文章，分别是《纪终年》和《〈纪终年〉补》。两篇文章都深切地回忆了汪曾祺临终前一两年的生活行状，从发病，到检查出病因，到住院治疗，到回家调养，再到发病住院，直至逝世前后的情况，写得都非常详细，让读者比较完整地了解了一代文坛大师汪曾祺在那段时间里的情况，特别是在《〈纪终年〉补》里，通过几个小标题《手》《电话》《酒》《悄悄》等，把汪曾祺"老小孩"的天真和他的乐观精神，惟妙惟肖地表现了出来。

《汪曾祺：一棵树的森林》是一篇短文，却是林斤澜对汪曾祺的"盖棺定论"。汪曾祺的写作风格和他所处时代在文坛的地位，都是独特的，是无人取代也无法被取代的，确实是唯一的"一棵"，又确实是"森林"。

2016年10月23日20时完稿于北京五里桥河边小筑，费时两日，时秋意正浓。

2016年10月24日上午改定

《读汪小札》编后记

大约是在1985年下半年，我买了一本装帧朴素的《晚饭花集》。

比较集中地阅读汪曾祺的小说，就是从这时候开始的。

此前只在《雨花》《北京文学》《人民文学》等杂志上读过四五篇汪曾祺的小说，觉得好，又不知道好在哪里。印象最深的是《大淖记事》，因为它有一年得了全国优秀短篇小说奖，被收在一个集子里。年轻时读书不像现在这样挑三拣四，那时候逮到什么读什么，一本厚厚的获奖作品集，从头至尾一篇不落地读完了，印象深的有好几篇，《卖驴》《爬满青藤的木屋》《山月不知心里事》等等，最觉得特别的小说，还是《大淖记事》。那时候的文艺青年特别多，大家聚在一起谈论读过的杂志、读过的小说，胆子都很大，什么大话都敢吹，人人都成了未来的大文豪，但当有人谈论《受戒》《大淖记事》时，便都众口一词地承认，这种小说，难写。然后，再谈论几句汪曾祺，意见也很统一，老先生肚里有真货！所以，当看到书店有一本《晚饭花集》时，毫不犹豫就买下了。

几年后，我从东海来到城里，住在南极路新浦公园对面一幢两层的红砖小楼上，床头放的书，其中一本就是从家里带来的《晚饭花集》。

办公室同事中，有一个灌云人王酆珊，我们认识时，他就在杂志上发表小说了。他家住在红砖小楼后的院子里，是一间挨墙搭建的"一沿坡"，屋小，放不下固定的家具，吃饭时，要从办公室带张凳子回家，吃完饭再带回办公室。他爱人会烧一道牛肉大白菜，装在一只白瓷大海碗里，味道特别鲜美，常喊我带张凳子下楼去他家吃菜喝酒。我们一边喝酒，一边胡乱评论一通当时走红的几个作家，因为他们年龄和我们相仿，感觉我们比他们落后太多，言语中，既有不服，也有无奈。后来说起了汪曾祺，他得知我正在读《晚饭花集》时，便说，写小说，就得像汪曾祺那样，要别具一格，否则难有出路。那天他借给我一本杂志，上面有他的一篇小说，叫《冯家婆》，我读了，感觉他在学汪曾祺，虽然"汪味"薄了一点点，却给了我启发，小说写作得有"师承"。就是从这时开始，我成了"汪迷"，并且努力写了几篇"汪味"小说，如《食品站的老余和收购站的老庞》《民政局长和他的女儿》，还有几篇写废品收购站的小说，虽然或多或少都受到汪曾祺的影响，却是形似神不似，甚至形神皆不似。也正是这时候，才发现，汪曾祺的小说不是那么好学的，他那种语言、那种语感、那种"味"，根本抓不住，那要有多少古典文学的修养啊！那要受到多少传统艺术的熏陶啊！好吧，就老老实实做一个忠实的"汪迷"吧。

在我多年的买书、读书、写作经历中，汪曾祺的作品一直伴随着我，我看到就买，无论是小说集、散文随笔集，还是文集、全集，哪怕是单篇作品和多人的合集，也不放过。有的书内容相近，也不影响买。我还买过不同出版社出的同一种书，如《人间草木》，就有三种，分别是江苏文艺出版社2005年1月版，山东画报出版社2006年9月版，中国文联出版社2009年5月版，另外还有作家出版社2005年9月出版的《草木春秋》。慢慢从阅读变为收藏了。在写作上，我早已不把"汪著"当成范本了，更不去"描红""临帖"了。读"汪著"就像读唐诗宋词那样，什么时候都可以读一篇，或者如欣赏传世名画，随时可以看看，咀嚼一番，享受享受。"汪著"成了高级的"闲书"，成了必备的"镇馆"之宝。读"汪著"，不再去求得立竿见影的效果了，而是在追寻内心的安静，追寻闲览的愉悦。多年来，"汪著"就像丰饶的土壤，一直在滋润着我。

近几年，在写作之余，因为接触图书出版，看到图书市场上各种翻新的"汪著"，有些目不暇接之感。比较喜欢的有山东画报出版社的一套，计有《人间草木——汪曾祺谈草木虫鱼散文41篇》《五味——汪曾祺谈吃》《汪曾祺文与画》《汪曾祺说戏》《你好，汪曾祺》等，这套书最近又出了再版本。作家出版社出版一套八卷本的汪曾祺典藏文集（函套）。江苏人民出版了社出版了汪曾祺《食事》《人间滋味》《人间有戏》三卷本文集。长江文艺出版社出了四卷本手绘彩插珍藏版汪曾祺文集，分别是《以欢喜心过生活》《邂逅·水蛇腰》《受戒·大淖记事》

《故土·故人·故情》。河南文艺出版社出版了四本一套、布面精装的"汪曾祺集"，其中小说集计有《晚饭花集》《邂逅集》《菰蒲深处》《矮纸集》四种，从每本的"编后记"看，编者动了不少心思，下了不少功夫。在《邂逅集·编后记》里，编者说："一九八一年，北京出版社出版《汪曾祺短篇小说选》时，作者曾把《邂逅集》中的《复仇》、《老鲁》、《落魄》、《鸡鸭名家》'作了一些修改（但基本上保留了原貌）'后收录。一九九八年北京师范大学出版社出版的《汪曾祺全集》，所收的上述四篇小说，也是经作者修改的文本，当年形影已渺乎难见矣。所以，《邂逅集》今以原貌呈现，实已与初版时相隔六十余年。本书据《邂逅集》初版本排印，由繁体竖排改为简体横排，仅对少量明显错讹做了订正。某些当时普遍使用的异体字、异形词，则一仍其旧。"在《晚饭花集·编后记》里说："《晚饭花集》收录了作者一九八一年下半年至一九八三年下半年所写的短篇小说，一九八五年三月由人民文学出版社出版，收文凡十九篇（组）。本次重编，大体维持既有篇目，只删去个别以高邮为背景的小说，如《鉴赏家》、《八千岁》等，移入《菰蒲深处》。以昆明为背景的小说《鸡毛》因已编入《矮纸集》，也不再复收。《职业》是作者上世纪四十年代创作，后多次重写的作品，为便于读者参照阅读，四十年代文本作为附录收入。"《菰蒲深处》《矮纸集》两册，编者在编后记里都有说明，特别是在编选篇目上，尽量保持不重复，体现了编辑特色。作为整体一套的文集，我觉得这样的调整是对的。北京理工大学出版社今年刚出的一套三卷本汪曾祺作品集，分别是《人生若只如出戏》《人间那段草木年华》《人生不过一碗温暖红尘》，这本书在腰封上，称汪曾祺是"中国当代文坛巨匠"。人民文学出版社今年也先期推出《汪曾祺全集》中的三卷本的"小说全编"。还有许多出版社出版了数不过来的单行本，如新华出版社出版的《汪曾祺小说自选集》，江苏文艺出版社出版的《故乡的食物》，生活·读书·新知三联书店出版的《岁朝清供》，江西人民出版社出版的《生活，是很好玩的》，上海三联书店出版的《后十年集·散文随笔卷》，北京十月文艺出版社出版的《彩云聚散》，等等。据不完全统计，仅今年，出版汪曾祺的书就有四十多个品种。

汪曾祺的作品被大量出版，说明全国的"汪迷"队伍在飞速扩大，许多研究者撰写了各种论文，更有大部头的专著出版，比如东北师范大学徐强教授花多年心血，编写了七十余万字的《汪曾祺年谱长编》，中国人民大学教授孙郁也出版了专著《革命时代的士代夫——汪曾祺闲录》，该书以汪曾祺生活、经历、创作、师友交谊等为线索，对汪曾祺的人文精神、创作情怀进行了细致深入的分析，既有学术价值又有可读性。看到这些成果，我在欣慰之余，不免也摩拳擦掌，想为此再添一把火。

有了想法，便开始构思、策划，在和相关出版社沟通后，准备在2017年汪曾祺逝世二十周年之际，出版一套"回望汪曾祺"系列，并拉出了相关书目。没想到的是，有多家出版社愿意接手这个选题，最后确定在山东人民出版社和江苏广陵书社出版两套"回望"系列，并请著名文学评论家王干先生出任主编。王干和汪曾祺是同乡，他又是最早研究汪曾祺的评论家之一，并且和汪曾祺交谊很深，在他积极运筹下，书目又做了多次调整，最后确定近三十个选题，分别由山东人民出版社和江苏广陵书社出版。这些选题除了汪曾祺的著作外，还有王干的《夜读汪曾祺》，徐强的《人间送小温——汪曾祺年谱》，苏北选编的《我们的汪曾祺》，金实秋点评的《汪曾祺诗词选评》，金实秋创作的《泡在酒里的老头儿——汪曾祺酒事广记》，刘涛点评的《汪曾祺论沈从文》，王干主编、庞余亮选编的《汪味小说选》，陈武选编的《林斤澜谈汪曾祺》，等等。而对汪曾祺的著作，我们又按地域重新做了编排，共分《梦里频年记故踪·高邮卷》《筲吹弦诵有余音·昆明卷》《岂惯京华万丈尘·北京卷》《雾湿葡萄波尔多·张家口卷》四种，请徐强选编。

在为"回望汪曾祺"书稿奔忙的过程中，除了组稿、约稿，和专家、学者反复讨论外，我还多次和汪曾祺大公子汪朗先生聚谈，他对我们的工作非常支持，在很多方面给予无私的帮助。

也是在繁忙的编稿之余，我得以再次把汪先生的著作重温一遍。重温的过程非常美好，好比故地重游，流连在熟悉的风光里，且到处都是迷人景致，终于忍不住动手写了几篇阅读随笔，并把从前的几篇旧稿找出来，合成了这本札记——既是我对汪先生的致敬，也是我敬献的一束小花。

2016年12月12日23时记于北京草房荷边小筑

《犹贤博弈斋的灯影》前言

　　朱自清的第一本集子，是他和周作人等人的八人新诗合集《雪朝》，1922年6月由商务印书馆出版，收入他最早的十九首新诗。此后，他陆续出版了《踪迹》《背影》等十余种集子，另有两种古典诗集《敝帚集》和《犹贤博弈斋诗抄》，虽然在他生前已经编好，但因他过早逝世而没来得及出版。

　　今年，朱自清先生120周年诞辰，也是他逝世70周年。在这个值得纪念的年份里，出版了一套朱自清"自编文集"，出版了他生前自己亲手编订的书籍十二种，《踪迹》《背影》《你我》《经典常谈》《语文零拾》《标准与尺度》《诗言志辨》《新诗杂话》《论雅俗共赏》《语文影及其他》《犹贤博弈斋诗抄》及《欧游杂记》（附《伦敦杂记》）等。朱自清早年的多人新诗合集《雪潮》因为量少没有单独整理出版，另外还有类似于教学教案的《国文教学》《精读指导举隅》《略读指导举隅》（三本书均与叶圣陶合作），因不是完全创作，也没有收入。他亲手编订而未及出版的《敝帚集》和自印本教学讲义《中国歌谣》，这次也忍痛割爱了。关于古典诗词，我们这次选了《犹贤博弈斋诗抄》作为代表。至于《中国歌谣》，一是太专，二是未完稿（后四章缺失），也没有收入"自编文集"的套系里。关于《中国歌谣》，这是朱自清早年在清华大学开设的一门新课，据浦江清先生回忆，这门课是从1929年开始讲授的，"在当时保守的中国文学系学程表上显得突出而新鲜，很能引起学生的兴味"（《〈中国歌谣〉跋记》）。朱自清开始时，把讲稿编成《歌谣发凡》，并油印成册，内容分为四章，分别为《歌谣释名》《歌谣的起源与发展》《歌谣的分类》《歌谣的结构》。到了1931年，又增补了两章，分别为《歌谣的历史》《歌谣的修辞》，作为《歌谣发凡》的第三章和第六章，改书名为《中国歌谣》，印了铅印本。据浦江清在《〈中国歌谣〉跋记》里说："他的计划一共要编写十章，后面四章，初具纲目，搜罗了材料，没有完成。这是部有系统的著作，材料通乎古今，也吸取外国学者的理论，别人没有这样做过，可惜没有写成。"浦江清的这篇《跋记》，是为作家出版社出版的《中国歌谣》而专门写的，写作日期是1950年6月，该书出版已经到了1957年9月了。浦先生在《跋记》中，对朱自清这本专著给予了极高的评价，认为他"知识广博""用心细密"。我们在"自编文集"中，没有把《敝帚集》和《中国歌谣》两书收入重编出版，自然是一大憾事了。

我读朱自清的文章，最先也是从他的散文、随笔读起，然后才是诗歌、古典诗词、论文和学术专著。进一步了解朱自清，则缘于一本《朱自清研究资料》。这书中收了各种怀念朱自清的文章三四十篇，有论创作的，有论学术的，有回忆交谊经过的，还别具一格地选了几篇朱自清自己的文章和诗词。这本书是北京师范大学出版社1981年8月出版的，当时喜欢这本书，还另有几个原因：一是该书的序，是由朱自清的夫人陈竹隐撰写，由此推测，这本书也应该是得到陈竹隐的肯定的；二是题签者是北师大著名教授启功先生，启功的书法别有特色无须赘言，蓝色封面上钤盖的启功白文篆印特别的高古雅致；三是附有"朱自清研究资料索引"，可以让研究朱自清的学者和爱好者"按图索骥"；四是收了李广田的《朱自清先生传略》和《朱自清先生年谱》这两篇文章，可大致了解朱自清一生的思想演进和行旅踪迹；五是收了朱金顺先生整理的朱自清作品目录，这份目录，分著作集、文集和遗集三部分。每次翻开这本书，目光都要在目录部分停留很久，会想着朱自清当年编辑这些书稿时的情景，想象着他回望自己的大量作品时，思考着如何取舍的点点滴滴，不由得心生感佩之情。连带地想着，如有机会，把朱自清的自编文集重编一次，领略一下不一样的阅读旅程，一定别有趣味。这个想法，止庵先生率先实践了，他在2000—2001年，历时数月，把周作人的自编文集重新校订编过，由河北教育出版社于2002年陆续出版。我在阅读止庵花费大量心血校订的这套文集时，再一次想到乡前辈朱自清先生的自编文集。没想到，若干年以后，我能有机会对朱自清当年的自编文集做认真的打量和重读，并动手校订，把校订中的心得写成了十二篇"关于"系列的《编后记》。

古吴轩出版社要出版"回望朱自清"的系列丛书，为"朱自清自编文集"写的这些《编后记》，有机会编一本小册子加入，真是一件开心的事。此外，还把编辑"朱自清自编文集"时写作的一篇《朱自清和鲁迅》，作为副产品，和另外两篇关于朱自清的小书的"代跋"《题记》一并编入。

《背影》是朱自清一篇著名的散文，用白描而抒情的手法，写出了真挚的人间情感，多年以来，让无数人感佩、感怀。朱自清一生留给我们的文化遗产，又何尝不是他的"背影"呢？正是他感人至深的"背影"，让我们铭记在心，并长久地润泽着我们的心灵。而他读书写作的书房犹贤博弈斋的灯，一直还亮着，灯光下，朱自清伏案写作的身影也一直还在。

2018年4月9日于海州秀逸苏杭掬云居南窗书灯下

《朱自清的完美人格》后记

　　黄裳先生在《珠环记幸》一书中，有一篇《朱佩弦》，文章不长，那幅赠送黄裳的小楷书法却让人感怀，录的是旧作《次韵和程千帆君四绝句之一》："层叠年光冉冉波，波中百我看蹉跎。白头犹自忧千岁，奈此狂驰夸父何！"这幅书法小品是朱自清逝世前不久写的，虽录旧作，他的心境却跃然纸上，这和所处的时代有很大的关系。正因为如此，当他以五十岁盛年逝世后，才在教育界和文学界产生重大的影响。正如黄裳先生所说，朱自清是一位"分量"非常重的教授和作家。

　　书中还收有另一幅朱自清书信墨迹，我每每翻看此篇，品咂朱自清的这幅书信墨迹时，依然心绪难平。

一直以来，我很欣赏朱自清在一师执教时的学生曹聚仁先生对他的评介："外面和光同尘，里面是一团火；磨而不磷，涅而不缁，出污泥而不浊。"

计划写一本关于朱自清的随笔或传记，几乎是和《俞平伯的诗书人生》一书同时进行的。一来，因为二人乃北大前后届的同学，又是终生好友，早先共同经历过许多事，写俞平伯时必提到朱自清，写朱自清也绕不开俞平伯；二来朱自清毕竟是自己家乡人，早就对他有些粗浅的了解，特别是对他祖父辈和他幼年生活过的海州一代的乡风民情更是耳熟能详。另外，连云港也有几所学校的校园文化和朱自清有关，校园里塑有朱自清雕像，还把教学楼命名为"自清楼""自华楼""秋实楼"等，有的还设立了"朱自清作品陈列室"。我还把多年来陆续购买的几十本朱自清的著作赠送给东海县平明小学的"朱自清作品陈列室"，并请画家朋友王兵先生为陈列室画了一幅《朱自清读书图》，在一篇短论中，我还对这幅画做了这样的评述：

在朱自清作品陈列室里，有一张《朱自清读

书图》，画面上，青年朱自清面目清瘦地坐在清华园荷塘边的假山旁，手握经卷，显然是读书累了，正在小憩，那坚定的目光中，透着智慧之光，似在思索，又似在回想。此时正是黄昏将尽、圆月初上时，四周弥漫着迷茫之气，身后的荷塘，近处的荷花，甚至荷叶上的晚露，仿佛如朱自清在《荷塘月色》里描写的那样，"月光如流水一般，静静地泻在这一片叶子和花上。薄薄的青雾浮起在荷塘里。叶子和花仿佛在牛乳中洗过一样；又像笼着轻纱的梦。虽然是满月，天上却有一层淡淡的云，所以不能朗照；但我以为这恰是到了好处——酣眠固不可少，小睡也别有风味的。月光是隔了树照过来的，高处丛生的灌木，落下参差的斑驳的黑影，峭楞楞如鬼一般；弯弯的杨柳的稀疏的倩影，却又像是画在荷叶上。塘中的月色并不均匀；但光与影有着和谐的旋律，如梵婀玲上奏着的名曲。"我们知道，朱自清的这篇散文写于1927年夏天，作者那时在清华大学教书。他描写的荷塘原是一个平凡的处所，经过作者的"渲染""着色"，变得美丽而有韵味，并且诗意盎然。王兵先生画朱自清，画他在荷塘边的读书赏月，是要费一番思索的，表现出来并非易事。一来，月夜里是很难读书的，二来又要画出荷塘的月景。照一般来说，是不容易表达的，荷塘容易画，月色则较难着墨。众所周知，画家作画，不怕画断山衔月，就怕画月色，因为月景中的波光林影时刻在变幻着，很不容易在画面上表现出来。清代的国画理论家汤贻汾曾说："画月下之景，大者亦晦，在晦中而须空明。"的确，要在晦暗中见空明，是很需要独特的表现手法的。曾经有人提出画月亮的方法："月景阴处染黑，阳处留光"，话是说得透彻了，可表现起来，又是何等的困难啊，但是在《朱自清读书图》里，画家既展现了委婉细致的月色之美，又抒写出青年朱自清善于读书思考的学者形象，既殊为不易又体现了画功，真是难能可贵啊。

这些年来，对于朱自清作品的阅读和生平的了解，让我有不少次机会在学校里给学生做关于朱自清的专题演讲。学生能不能听懂或听懂多少我不知道，但我是以家乡人的身份来分析、理解朱自清的。一方水土养一方人，不仅是所生活的环境，血液里流动的基因和先辈们的多方面影响也至关重要。所以，在写作《俞平伯的诗书人生》时，我就开始收集和朱自清相关的资料，还几次去扬州，到朱自清故居去参观，更是常徘徊在他的出生地——海州古城的老街旧巷里，寻访当年的蛛丝马迹。经过一年多的准备，并和相关专家以电邮、电话、微信等方式交流后，于2014年秋开始写作，用六七个月的时间，完成了初稿。

朱自清先生是美誉度和知名度极高的作家、学者、教育工作者，他的文学作品数量虽然不多，却影响了几代中国读者，不夸张地说，只要做过学生，就都读过朱自清的文章，《背影》《匆匆》《荷塘月色》《桨声灯影里的秦淮河》等多篇文章曾入选过各种语文课本，还有《经典常谈》《欧游杂记》《英伦杂记》等书籍也影响过许多人。对于本书的写作，我是心怀忐忑的，生怕自己的拙笔没有写出朱先生的风采，也生怕自己的阅历、理解不够而误读了朱先生。好在问心无愧的是，我是用心用力做这件工作的，特别是随着写作的深入，越发地被朱先生的精神、情操所感动，心里有一种别样的使命感。

和写《俞平伯的诗书人生》时一样，我依然采用随笔、漫评的形式，根据自己对朱自清的理解"自说自话"，同时更加偏重于史料的解读（比如书信、日记、访谈）。史料的重要价值，凡是从事人文学术研究的学者都不会否定。但在引用史料的同时，我还是在一些章节里情不自禁地插入了自己的观点，抒发自己的一点看法，有的并不新鲜，有的也许有谬误，无论如何都是我的真情流露。希望读此书的朋友多提意见。

2015年2月23日初稿完成于新浦河南庄

2016年6月30日修改于北京朝阳五里桥

燕郊一周
——《朱自清在西南联大》代后记

1

来燕郊一周了。我在发给朋友的微信消息里，说了这样的话：

> 正式入驻燕郊。想起俞平伯先生的《燕郊集》，这本出版于二十世纪二十年代的散文集，是先生的重要著作，集中的大部分作品写于当时地处京郊的清华大学寓所，故名。不过我的燕郊和彼燕

郊并非同一地方。又想起黄裳先生的"来燕榭"，这是先生的书斋名。前人喜欢弄些"斋馆轩堂"的名号来做自己读书问学的场所，我也斗胆学学他们。住在草房时，因小区里有一塘荷花，书斋曾叫"荷边小筑"。现在，我的"燕斋"该叫什么呢？

吴小如的《莎斋笔记》里，有一辑"燕郊谈片"，我知道这里的"燕郊"是指北京西郊，亦即北大、清华一带，他晚年住在这里。书里的这组文章都是些短小的文史杂谈，挺有趣味。我的"燕郊"虽不能和他们的"燕郊"相提并论，但丝毫不影响我的阅读和思考。

我的客居之地在燕郊东外环路东侧，隐藏在一条脏乱差的小巷里。有几次，工作累了的时候，或心情抑郁的时候，我会走出小巷，去东环路散散步，途中会偶遇一条狗或一只猫。那条狗像极了一头狮子，体大，圆脸，毛长，大约是有谱系的名狗，但它太脏了，身体可能也不好，我看到它的几次，它都在沉沉地睡觉，眼皮都不抬一下。那只黄色的狸猫，肚子很大，它一直在一堵墙的阴沟口找垃圾吃，对生人格外警惕，目光惊悚而慌张。我会想到微信朋友圈里那些关于猫狗的照片，它们太幸运了，摊上了好人家，有干净而温暖的小窝，有美味可口的食物，被主人"乖乖""宝贝"地叫着。这么散漫地走着，想着，就来到了东外环路上。东外环路的路况还不错，只是两边的绿化不成体统，我沿着路边的人行小道散步，小道下的枯草里，会有几棵嫩绿的野菜，格外招眼，树芽也都鼓出来了，红红黄黄的，感觉和这迟来的春天一样，在蓄势待发。向北走不多远，是司法部的一家监狱。监狱的外围墙是铁艺栅栏，透过栅栏，能看到院子里返青的绿柳和高大的杨树，杨树上挂满了一穗一穗的"小猫小狗"，远处似乎还隐约看到高墙和塔楼，那里才应该是劳教犯人的地方吧。我站在栅栏外想了想，我想到了监狱里的那些人。

2

初来燕郊的第一周，就遇到了倒春寒，又连着下了几天冷雨，我躲在"鸿儒文轩"仓库的一间小楼上，心情颇不平静。一来，从北京刚刚搬迁而来，还没有适应新的环境。这种没有适应，可能和连续阴雨、寒冷的天气有关，也可能和生疏、荒凉的地域有关。二来，我还有工作在身——正在扩充、补写的这本《朱自清在西南联大》的小书，要在近期内完成。

先来说说这本书的缘起吧。

2018年是朱自清诞生一百二十周年和逝世七十周年。有一本名为《朱自清的完美人格》的书，原计划写作十四万字左右，没想到在整理过程中，对许多章节添添补补、修订重写，到了2016年7月完稿时，大大超出了原计划的一倍。特别是朱自清在"西南联大"一章，"体量"明显比别的章节多出很多。2017年春，中国书籍出版社要再版"流年碎影"文丛，并且决定扩大规模。这套文丛所关注的都是二十世纪二三十年代的文化精英，有鲁迅、巴金、俞平伯、张恨水、叶圣陶、沈从文、萧红等。中国书籍出版社的武斌先生知道我有这本书稿，想把全书纳入。在他的提议下，我决定以其中的一章《西南联大》为基础，进行扩充，以达到出书的规模。好在朱自清在西南联大长达九年之久，有许多生动的事迹可以写，所以春节后我一进京，便在草房温暖的"荷边小筑"里开始了紧张的工作。

一晃就到了三月下旬，因为公司仓库搬迁，我已经从"潜京"一族，摇身一变，成了张营村的外来务工人员。按说我的性格是喜欢僻静之地的，冒着冷雨来开选题会的武斌先生也说这个地方适合做事，还预祝我能多写几部书来。怎奈这几天恶劣的天气给我带来了坏情绪，再加上我写作使用的大量关于朱自清的材料都打包在不知哪一个纸箱里了，很犯愁去寻找，仅凭着记忆和笔记去写作，心里老是不踏实，特别是涉及时间和人物时，手头没有可查的书籍，其郁闷就可想而知了。

好在阴冷、寒湿的天气很快过去，阳光、蓝天难得维持了几日，我的心情也随之好转，文思也顺畅了，总算能安坐下来，改定了这本书稿。

3

说来也巧，在初来燕郊的这一周里，因为要编"吴小如文集"，翻阅了不少吴小如的书，《吴小如讲杜诗》《莎斋笔记》《旧时月色》《红楼梦影》《今昔文存》《读书丛札》《京剧老生流派综说》等，随翻随阅中，有几篇关于朱自清的文章很是吸引我，特别是在解读俞平伯《鹧鸪天》词的开头两句时："良友花笺不复存，与谁重话劫灰痕。"吴小如认为，"首二句固可指先师的亡友朱佩弦先生，但也不妨理解为新近辞世的俞师母。盖'与谁重话劫灰痕'之语，指佩弦师似不甚切。吴小如虽然不敢肯定"良友"一定是指朱自清，但这和此前多人的解读是不一样的，颇具新意。不久后，研究俞平伯的专家孙玉蓉女士给吴小如去信，证实了吴小如的解读。孙玉蓉在信中说："'良友'确实是指朱自清先生，平老视朱自清为他的'唯一知己'。

解读俞平伯《鹧鸪天》的文章有两篇，一篇是《俞平伯〈鹧鸪天〉臆说》，一篇是《俞平伯〈鹧鸪天〉补说》。我们都知道俞、朱二人感情深厚，这一点，从《鹧鸪天》开首两句来看，感受更深。

早在1947年，朱自清的代表作《经典常谈》刚出版时，吴小如就写了一篇书评《读朱自清先生〈经典常谈〉》，对朱自清的文风作了切实而准确的评价："先生一向在发扬、介绍、修正、推进我国传统文化上做功夫，虽说一点一滴、一瓶一钵，却朴实无夸，极其切实。再加上一副冲淡夷旷的笔墨，往往能把顶笨重的事实或最繁复的理论，处理得异常轻盈生动，使人读了先生的文章，不惟忘倦，且可不费力地心领神会。"吴小如的这篇书评，在当年的报纸上发表后，还得到了俞平伯的夸奖，说写得平易踏实，能觉出佩弦的用心。

更让人感触的是，朱自清逝世的次日，即1948年8月13日，吴小如就开始动笔写一篇怀念朱自清的万字长稿《读朱自清先生〈诗言志辨〉》，吴小如在1984年7月写的"笔者按"里说，这篇长稿"前后共写了五十天"，而且是带着"悲愤抑塞的心情来写这篇读书札记的"。

在朱自清逝世三十一年后的1979年8月，吴小如又写了一篇《朱佩弦先生二三事》，表达对老师的怀念。吴小如在这篇文章中，透露了几件有趣的往事。1946年深秋的一个下午，吴小如考取了刚刚复员的清华大学中文系三年级插班生，请俞平伯写一张纸条以拜见朱自清，因为不认识，二人同坐一辆校车到了清华园，吴小如上前跟朱自清打听朱自清，这才惊喜地见到他心仪已久的老师。吴小如在清华时，听过朱自清的课，亲历亲闻朱自清严格的课堂纪律，也亲眼看到朱自清的稿件和信札，是"每个字都工整清楚，一笔不苟，很少有涂改增删。一篇文章交付印厂付排，不仅字迹毫不含糊，而且无论文章行款或标点空格，都算得精准无误，这给编辑人员和印刷工人带来极大方便"。在清华和西南联大，朱自清是出了名的严格，甚至有些刻板，《朱自清在西南联大》一书里也有记述，还因此引起一些同学的"非议"。但在吴小如看来，这是一个负责任老师的应有的态度，值得尊重。

4

今天，能坐在燕郊这间冷清的房间里，写一周来的心情感受，想来也是一件非常惬意的事。无论是凄厉的春寒冷雨，还是阳光下的柳绿花红，都是我们必须经历的。因为写作《朱自清在西南联大》的关系，我很多时候都想着朱自清和他的文章，也在读与他相关的书籍和文章，近几天，我每天都会取快递，从全国各地邮寄来的朱自清的书有十来种，《语文零拾》《语文影及其他》《新诗杂话》《经典常谈》《论雅俗共赏》《标准与尺度》《诗言志辨》等朱自清生前的自编文集，陆续来到我的案头，这些书，有的很陈旧了，有的是新印本，看着这些不知惠及过多少人的专著，我再一次心绪难平，对于朱自清所经历的磨难和艰辛，更怀有深深的同情和惋惜了。

2017年3月28日上午于燕郊张营村

《朱自清在江南的五年》题记

朱自清在《我是扬州人》里说："我家是从先祖才到江苏东海做小官。东海就是海州，现在是陇海路的终点。我就生在海州。四岁的时候先父又到邵伯镇做小官，将我们接到那里。海州的情形我全不记得了，只对海州话还有亲热感，因为父亲的扬州话里夹着不少海州口音。"

作为乡前辈，朱自清一直是我崇敬的偶像，同时我也很早就关注了他的作品。早在1996年，《朱自清全集》在江苏教育出版社出版的时候，我就买了一套，放在书橱最显眼又顺手的位置，随时可以取出来翻一翻，读一读，读他的文学作品、学术专著等，每一次都会有不一样的感受。记得在读叶圣陶的文章《朱佩弦先生》时，说到朱自清的作品，有这样的评论："他早期的散文如《匆匆》《荷塘月色》《桨声灯影里的秦淮河》都有点儿做作，太过于注重修辞，见不得怎么自然。到了写《欧游杂记》《伦敦杂记》的时候就不然了，全写口语，从口语中提取有效的表现方式，虽然有时候还带一点文言成分，但是念起来上口，有现代口语的韵味，叫人觉得那是现代人口里的话，不是不尴不尬的'白话文'。"读了这段话，我还特地把叶圣陶提到的《匆匆》等三篇文章重读一遍，再对照着读《欧游杂记》《伦敦杂记》，认真领会了叶老的评论，真是受益匪浅。当我写作累了的时候，或要偷懒、懈怠的时候，《朱自清全集》也仿佛会开口说话一样，用严肃的语言督促我，教我偷懒不得。真正想对朱自清做点研究，是在2001年，当时我在一家报纸的文学副刊做编辑，对于副刊知识也了解了一些，知道许多文学大师当年的文章都是发表在各种文学副刊上的。于是便想下点功夫，搞了几个专栏，有特色的是《苍梧片影》等，也有整版的关于连云港名人或地方文化的专刊。在编发这些稿件的时候，总是想着要写一篇关于朱自清的文章，恰好文友刘成文先生也有这个意向，我们便合作了一篇，文章的题目已经忘了，当时发了一个整版，还配了几幅图片。文章发表后，受到了不少朋友的鼓励和好评，想再接再厉，多写几篇，为此还专门到海州老城，去寻访朱家当年在海州的居住地，寻找旧海州衙门的遗址，查相关的志书，试图从中寻找出朱自清祖父在海州做官时的蛛丝马迹。这还不算，还到处搜集关于朱自清的研究成果和相关书籍，就连扬州市政协文史委编辑的文史资料，涉及朱自清的部分，也都努力搜求。虽然后来没有继续研究，文章也没写几篇，但通过这样的工作，对朱自清又有了更多的了解，崇敬之情也加深了一层。

　　真正坐下来专心研究朱自清，还是在2013年下半年。我的所谓"研究"，实际上就是更多的阅读，包括朱自清的原始的著作（当时报刊上发表的），早年的自编文集和后来出版的各种版本的作品集，各种纪念集和他逝世后师友、学生写的种种纪念文章，同时也着手写点心得体会。由于我是半路出家，也摸不到研究的门径，所写的文章都是随笔性质的。把相关的几篇"串"在一起，便是这本小书的源起。

2018年3月2日

源头活水
——《吴小丽一周的情感波澜》代后记

　　2012年年末，无意中在一家书店买到一本《小说选刊》选编的《一本杂志和一个时代的故事——〈浮生记〉》。这是一本横跨十年的选本，从2001年到2010年。在这册汇聚许多名家的选本中，也收了我的一篇小说《拉车人车小民的日常生活》。这是我第一篇被《小说选刊》选载的作品，发表在2001年第七期的《延河》上。记得在2000年年末时，《延河》的编辑还打电话跟我核实，说他们从自然来稿中发现了这篇小说，问是我写的吗。然后，还对我进行一番口头表扬，大致意思是，经常在其他杂志上读到我的小说，没想到我会以自然来稿的方式给

《延河》投稿。当时我是怎么说的忘了，只记得不久后这篇小说被《小说选刊》选载时那抑制不住的激动。因为此时我的小说写作已经历时多年，也有作品被《小说月报》等刊物选载过，但在《小说选刊》上只在后边的目录中出现过。后来这篇小说又被选进多种"年选"，也是和《小说选刊》的影响有关。

这次选载的经历，让我对自己的写作路径有了新的认识，也有了更多的思索。从前过多地关注各种流派、各种思潮、各种主义，对自己的创作也有过怀疑。但《拉车人车小民的日常生活》被《小说选刊》选载，一时让我淡定了许多，似乎有一种声音在说，不要管什么流派、思潮、主义，你写你的，别左顾右盼、心神不定了。这样坚定地写下来，便有了此后的《苹果熟了》《夏阳和多多的假日旅行》《菜农宁大路》《换一个地方》等多篇小说被《小说选刊》选载。《小说选刊》选编的各种年选和文集里，也经常会有我的中短篇小说。《拉车人车小民的日常生活》还被译介成其他文字在国外发表。

其实，真的追根溯源起来，我与《小说选刊》的缘分更早，《小说选刊》可以说是我的文学启蒙。

20世纪80年代初，我才十几岁，还是一个穿喇叭裤、留小胡须的文艺少年，耽于幻想，怀揣文学梦，心气比天高，没日没夜地沉浸在古今中外的文学名著中，囫囵吞枣，贪多嚼不烂，对许多小说进行过模仿。记得有一本上海译文出版社出版的《当代美国短篇小说选》，每读一篇，都会在边口空白处写写画画，狂妄地要写几本不同风格的小说集来。结果当然可想而知了。除此而外，多如牛毛、扑面而来的各种文学杂志，也是极大的诱惑。我的那些所谓各种"风格"的作品，像燕子一样纷纷飞向那些杂志的编辑部，又像燕子一样飞了回来。

折腾一段时间后，真正影响我写作的，便是创刊不久的《小说选刊》了。

那时候的《小说选刊》，被我们像神一样景仰着，在每期大约要出刊时，便到邮局报刊零售亭打听到了没有，生怕卖光了。杂志一到手，读到一篇喜欢的小说，便奔走相告，互相阐述阅读的心得。但是，好景不长，和我一起读书的小伙伴们，有的迷上了溜旱冰，有的提着双卡录音机到处听歌，有的忙着上夜校。只有我，还继续迷恋着阅读，继续买来大摞大摞的稿纸，一篇一篇地写小说。在当时我生活的小县城里，人人高唱着"八十年代新一辈"的歌，走在"希望的田野上"。我的阅读和写作，也没有什么不合时宜的。有一次，夜深人静时，我在《小说选刊》上读到一篇小说，激动得夜不能寐。这是一篇描写北大荒知青生活的短篇小说，带有一种英雄情怀的浪漫主义风格。我也被那片神奇的土地感染了。这年冬天，我只身一人去北大荒，寻找小说中描写的景色，白桦林、神秘的"鬼沼"、一望无际的"满盖荒原"。我当然什么都没有找到，但这次远行的经历，让我从此找到了目标，这便是《小说选刊》和《小说选刊》上诸多优秀的作品。

我的阅读不再那么散漫和无边，写作不再那么毫无节制，投稿也不再那么"天女散花"。我开始有了选择和挑剔，学会了对文学的景仰，对我笔下人物的尊敬，学会了隐忍和克制，学会了谦卑。一篇小说的力量有多大？一本刊物的力量有多大？别人知道不知道我不敢说，但是我知道。因为我曾被深深地感染，曾带着杂志，带着这篇小说，北上数千里来追寻心中的梦想。同时我也丈量出了我和文学的距离，和《小说选刊》的距离。那时唯一的信念就是坚持和继续。自然地，水到渠成，便有了2001年第七期上的《拉车人车小民的日常生活》，以及之后多篇作品在《小说选刊》上的亮相。

在刚刚过去的2014年，发表在《山花》上的中篇小说《支前》，再次被《小说选刊》第五期选载。《小说选刊》在"责编稿签"中说："小说人物不一定是其所属时代主流精神的写照，人物既不排除时代和现实，也不应单单成为时代和现实的解说员。人是古老的人，也是某一个时代的人，一定还和未来的人有着共通之处，这是人和人之间可以在某种程度上相互理解的原因。《支前》有野史的气质，作者以且戏谑且温情并且尖锐还让人略感意外的笔墨，描述了淮海战役的一个侧面。淮海战役是一次公度性极强的战役，这篇小说选择是读者在史书中无法见到的小人物，无法窥见的一个偏僻角落。"评论家雷达先生专门打电话给我，说《支前》里的麻大姑这个形象刻画得好，立起来了。有不少未曾谋面的读者在博客里也为这篇小说叫好。说来有趣，正在我写这篇短文时，收到一个大号的挂号信，打开一看，是上下两册的《2014年中国年度中篇小说》，选编者正是"中国作协《小说选刊》"，书里也收入了这篇小说。与此同时，作家马晓丽也通知我，今年的中国《军事文学年选》也将收入这个中篇。可以说，《小说选刊》的"眼睛"是雪亮的，能在众多文学期刊中发现值得进一步传播的小说，也才让作者的小说有了更多的读者，得到更多的评判。

每个人的创作都有自己的根，都能从他们的作品里发现或窥见前辈大师们的影子。这是不言而喻的。但事实上，一个成功的作家，也必须要有自己的根，有自己独特的语言体系和作品风格，有让评论家们好"归纳"的"一二三四五"。很可惜我没有，十多年前，就有一家杂志社的评论家朋友告诫过我，说"你的作品很危险，谁都靠不上，所以，新文学以来产生的各种热闹都没有你的份，也不带你玩"。我只能原则上同意朋友的话。当初的野心勃勃不就是要特立独行地写出属于自己的一套东西吗？但人的才情、气质、禀赋和环境毕竟各不相同，或者说我的"体系"还没有被认同和发现。但《小说选刊》不讲究作者的"宗谱"，不看作者的"脸面"，以自己的标准选择小说，而且多年来一直坚持，实在让人敬佩。

《小说选刊》就是我的源头活水——我是在《小说选刊》的引领下学习写作的，也是《小说选刊》让我的小说有了更多的读者。多年来，我不去刻意模仿，不去跟风，不去迎合，可以说是《小说选刊》潜移默化地影响了我。我手里有一本《小说选刊》就够了，因为从"选刊"里总能读到我喜欢的作品，读到我喜欢的人物和故事，当然也会读到我不喜欢的作品（不一定不是好作品），我对这些作品和对我读到的其他中外文学大师们的作品一样，在充满敬意之余，用自己的文学观去认真地理解和感受，去吸取我自己需要的养分。所以《小说选刊》是我的福地。

《小说选刊》还会继续这样滋润着我，也会继续荡涤着我。我的意思是说，我还要走我自己的路，尽管这条路可能还在摸索中。但是，有《小说选刊》的呵护，有《小说选刊》提供的源源不断的营养，我会更虔诚、更谦卑地写作，献上一个文学信徒对文学些微的贡献。

2015年1月2日于北京朝阳草房

《蓝水晶》跋

　　我的家乡出产水晶。东海县是全世界有名的水晶之都，也是世界水晶矿石和水晶制品、水晶艺术品的集散地。买世界，卖世界，说的就是东海水晶从业者的基本情况。

　　我就生长在这片神奇的土地上。

　　第一次接触水晶，是小时候玩"打火"的游戏。在漆黑的夜晚，几个小伙伴，每人手里拿两块"火石"，相互碰撞，喷溅出四散的火花。越是夜黑，火花越明亮。火花的大小，取决于"火石"的质地。一般的"火石"（石英），没有水晶硬，火花也就没有水晶明亮。水晶"火石"喷溅出的火花，一团一团的，能点燃"火纸媒"，甚至能把棉花点燃。所以，能有两块水晶"火石"，是我们那段时间最大的愿望。在出产水晶的田野里，找到小颗粒水晶当然不难了，却很难有满意的，我们的"火石"也就不断地更换。

我第一次挖水晶，是一年级的寒假里，随着本族的一个叔叔去水园庄挖的。正是"四九"天，天气奇冷，我戴一顶三块耳棉帽，迎着冷风跟在他后面。他扛着工具，而我拢着双手，迎着刺骨的西北风，走着走着就后悔不想去了。叔叔说，去，帮我站岗，挖到水晶买油果子吃。那次挖没挖到水晶我记忆全无，但为叔叔站岗并吃到油果子却印象深刻。

十多岁时，我和村里一个要好的玩伴挖过几次水晶，当然只挖到几颗生石蛋。水园庄西边有一个巨大的坑塘，我们在那里也挖过，那叫"套熟垄"，大人们看到我们"套熟垄"也不取笑，有的还过来瞧瞧，因为他们知道，"套熟垄"也能淘到宝。这个巨坑我印象太深，不仅是我在坑塘里套过熟垄，还因为这里出产了大量的石英，这是我见过的最大的石英矿，像螃蟹窟盗出来的土，一场雨后，阳光初现，土堆上闪闪发亮，耀人眼目，原来是云母石。云母石好看不好玩，拿起来就碎了，有的云母石能像书页一样，一层一层揭下来。我们会在大土堆上攀爬，不是找云母石，而是找水晶，小的晶体，会隐藏在这些沙土里，可以敲花石（小的水晶体）卖。

我还记得生产队在冬天搞农田小水利，劳动力分成四人小组，一人掌叉，一人握锨，两人抬土。挖沟时，大家眼睛都贼亮，盯着叉头，要是真有水晶，绝对是走不了眼的。那次是我叔叔掌叉，一叉黄沙泥翻过来，只见他把穿在身上的小棉袄一甩，扔到沟里，然后又把棉袄抱起来。另外三个人都看到了，都不说话，因为他们知道，我叔叔的棉袄里，包着一块好水晶，按规矩，是四个人均分。如果不是我叔叔机智，稍有不慎，就被另外小组的人看到了，因为"见眼有一份"，他们就分得少了。

我第一次拥有一块水晶的经历更是奇特，我是在睡觉的床底下发现的。我们家有一张木板大床，是老一辈人留下的，十分陈旧了，支在南墙的木格窗下，多年不能移动。因为一动就有可能散了架。我不知找什么东西，钻到床底下，划亮火柴。我要找的东西没有找到，却发现了一块水晶，这块水晶块头不小，有十几厘米直径，落满灰尘和蛛网。这块水晶是哪里来的呢？可能是父母什么时候扔在床底，忘了。我先把它藏起来，过了一两年吧，没有人找它，我就把它装进书包，来到我们房山公社的水晶收购站。收购水晶的人拿起来看看，又在台灯上照照，把水晶还给了我，说，不收。可能是水晶质量不够好吧，抑或是体积不够大。当时我很失落，把水晶装进包里。刚出水晶收购站的门，我肩上被人拍了一下，一回头，看到一个老头，棉袄上勒着大勒腰，眼睛也不看我，鬼鬼祟祟地说，跟我走。我知道这是黑市收水晶的贩子，心里害怕，犹豫着没有跟上去。他走了几步，又转头跟我使眼色。我跟着他走到一座石板桥下。他前后看看，眼睛不看我，说，拿出来让我看看。我把水晶拿给他。他在手里掂量掂量，对着太阳反复看，换着多种角度看，还伸出舌头，在水晶上不停地舔，把水晶舔湿了再对着阳光看，然后问我，要多少钱？我当时什么也不懂，觉得水晶收购站的人不收，肯定不是什么好东西，就说，你说。他说，死石头，不出料，赌一下，给你五块钱。我再次吃惊了，因为五块钱不少了，比我预期的要多，因为当时一本《大刀记》的长篇小说才几毛钱。但我知道做生意要讨价还价，就摇摇头。

他在我摇头的时候已经把水晶放进他怀里了，同时五块钱也掏了出来，往我手里一塞就走了。我也不敢说话，跟在他身后，走在街上。他看我一直跟着，又掏出一张两块的，照样还是不看我，往我手里一塞，生气地说，怎么回事，不少了，拿去买油果吃，别再跟着我啦。

1979年我到房山中学读书时，水晶市场还没有放开，水晶收购站是全公社唯一收购水晶的单位。我有个同学的亲戚在公社石英粉厂工作，她也住在亲戚的宿舍里。我常常在放学后跟她到厂里去玩，看到了堆成山一样的石英石。她亲戚是个女孩，在砸石英石时，碰巧会遇到漏网的水晶。女孩会把水晶捡起来，带回宿舍，下班时就躲在宿舍敲花石。我也会陪着她们去水晶收购站卖花石。水晶收购站里水晶真是太多太好了，大的有笆斗大，小的也比拳头大，都是晶莹剔透的。1981年春，我到石英粉厂相邻的水泥制品厂干临时工时，那个女孩还在，还常看到她在露天场地上砸石英，她喜欢穿白衬衫，戴一顶大草帽。水泥制品厂有个同事，姓伏。有一天我骑自行车路过他们村的村头时，看到他坐在路边的一堆石英石上，手里拿着厚厚一沓毛票，有一毛两毛的，最大的五毛。我问他这是干什么。他诡异地笑着说，收石英。我看他身后的田野里，有十几个孩子，挎着篮子、簸箕等工具，在坑塘边、田埂上、杂树丛里寻找石英石。他继续笑着说，这些小孩子放学没事干，我哄他们给我捡些石头，我发点毛票给他们。原来他在利用孩子给他赚钱。

在水泥制品厂短暂的工作中，我经常和那个姓伏的同事去水库西北的几个"柘塘"（"中国水晶大王"就出土在这里）去看小牌，他家的"局"安在过道里，每次看牌，都听到他家隔壁人家传来敲花石声，如果声音消失了，就会过来一个矮小的男人，有人调侃说："敲什么花石啊，累得够呛，也赚不了几个钱，还不如来看牌了。"来人讪笑一声，就不声不响地在我身后看牌了，如果隔壁传来女人怒骂声"死啦？"，他会像受惊的兔子一样跑了，敲花石声旋又响起。若干年后，我带远方来的作家朋友去东海水晶大市场淘水晶，在一家精品店里，正在理货的中年妇女看我一眼，热情地跟我们推销商品。朋友看好一副发晶手串，我为朋友讲价，她说，本乡本土的，你不帮我就罢了，还帮外人讲价。我朋友好奇地问："你认识他？他是作家哦！"她不屑地一笑说："哄我啊？"我知道遇到熟人了，不敢多话，和朋友赶快离开了。

　　我说了这么多关于水晶的事，都是我十八岁以前的记忆，后来水晶市场大开发大开放大发展时，我就离开东海县到新浦了。但到了20世纪90年代初，东海县全民做水晶生产时，我父亲也不甘落后，在家搞起了水晶加工厂，生产手串、项链等初级产品，我还在新浦为家里推销过产品。

《在都市里晃荡》编后记

　　这本集子里所收的小说是我的"金短篇"。从事文学创作三十年了，短篇小说一直是我创作的"主打"项目，数量有一百余篇。除了二十篇较早的作品被选进十五年前出版的《阳光影楼》外，还有一部分更短的篇什被选在《一棵树的四季》《洁白的手帕》《倒立行走》《一路上》等集子中。在编选本书时，面对大量的作品我有些无所适从，看着哪一篇都挺好的，哪一篇都不想遗漏，只好每篇再重读一遍，用了十几天时间，几经选择，才确定了这些篇目。原则上，20世纪80年代末和90年代初的作品不在入选之列了。另外，细心的读者也会发现，收在这里的短篇小说，没有一篇是农村题材的。其实我的作品中关于

掬云居序跋　　　　　　　　　　　　075

农村题材的短篇小说数量不少，特别是以"鱼烂沟村"为背景的短篇小说，就有二三十篇之多，但因为这本集子的"体量"有限，只好"割爱"。多年来，我一直倾向于短篇小说的写作，《拉车人车小民的日常生活》《苹果熟了》《时间风景》等多篇还曾被《小说选刊》《小说月报》转载，有的短篇被介绍到国外译成英、法等文字。出版一本能拿得出手的短篇集子，一直是我的一大心愿，所以我毫不掩饰对这本集子的喜爱，说是"金短篇"可能太过夸张，也有些"吹牛"的嫌疑，但也说明这些短篇是我漫长创作旅途中的"得意"之作。

说到对短篇小说的认识，我一直坚持自己喜欢的形式，即不仅是单纯去讲一个好玩的故事，而是在一个故事中，会尽量增加一些出人意料的意味，激发读者更多的回想并能勾连起读者的人生经验来丰富他们的阅读情趣。因为我在阅读时就会有这样的经验，会把自己扮成多种身份走进故事中。我每一个短篇也这样努力了。谢谢出版社接受这本集子的出版，也谢谢读者朋友们。

2014年10月28日于北京五里桥

《在德意志的阳台上》后记

这本书稿的创作，从一踏上德意志土地就开始了。对于长期蜗居在一个沿海小城的我来说，德国是既陌生又熟悉的。陌生是毕竟没有亲临过这块土地，熟悉是因为地球已经是一个"村"了，信息基本公开，想知道的都能知道。而德甲联赛，又是我喜欢的足球联赛之一，特别是早年的鲁梅尼格和稍后的"金色轰炸机"克林斯曼，所以对德国有种别样的好感。细细想想，也许不仅仅是足球，德国产生了那么多文学艺术大师怕也是我喜欢它的重要原因之一吧。总之，对于欧洲国家，如果非要让我排出我喜欢的国家的顺序，第一就是德国，第二、第三才是北欧那几个国家，挪威、瑞典、芬兰什么的，对那里的喜欢和对德国的喜欢是不一样的，后者吸引我的更多的是自然和环境。

　　我们这支二十多人的队伍，是在深秋时节飞往德国的。我只带了很少的行李，简单到不能再简单，但是电脑和相机不能不带。可以说一开始我就有了预谋，这次德国之行，我要记日记，拍照片，把眼睛看到的、耳朵听到的，全记录下来。照片也是见什么拍什么，几乎不做什么选择。我的相机只是卡片机，价格低廉，像素不高，内存也不大，拍一两百张就要传到电脑上去以清理内存空间。每天晚上回宾馆，第一件事不是洗澡喝水，而是导照片和记日记。导照片要快一些，一天弄一个文件夹就可以了。日记有些费时，得一笔一笔写下来。写日记的过程其实相当于重新游览了一次。这种感觉非常奇妙。白天是一大群人，乱哄哄的，走路、赶场，嫌腿短了，眼睛也不够用了。能在宾馆里安静地回顾一天的经历，加上自己的所思所想，重新再感受一番白天的快乐和愉悦，是不可多得的回味。这和学生复习迎考还不一样，他们是为了考试而死记硬背，而我的"复习"，可以尽情地写我喜欢的。由于之前曾经做过准备工作，根据这次大致的行程，把我们要经过的德国大小城市都查阅了一番，所以对于经过的城市的人文历史，大致都有个概括的印象，这样，日记写起来就相对有话可说了。

我们在德国时间不长，何况前一周还有不少访问和讲座，真正玩的时间也就半个多月吧，但是，对于我来说足够了。这么多年来，我还从来没有集中这么长时间好好玩一次。

回来以后，我没有立即投身到纷繁的杂事之中。或许在情感上，我更愿意继续沉浸在德国的山山水水之间，于是，便开始了这本书的写作。由于拍了大量的照片并写下了两大本琐碎的日记，没用多久就写出了以上随笔文字。很难说这是一本真正意义上的文学作品，但是，在书写的时候，我始终是用文学的姿态面对它。但愿我的努力，能给读者朋友一点感受和启迪。

2011年5月18日于新浦河南庄寓所

掬云居序跋

《我们的汪曾祺》前言

之一

　　"我们一直呼唤大师，也一直感叹大师的缺席。但有时候我们常常容易忽略大师的存在，尤其是大师在我们身边的时候，我们会选择性地失明。有一个作家去世十八年了，他的名字反复被读者提起，他的作品被反复重版，年年在重版，甚至比他在世的时候，出版的量还要大。我们突然意识到一个大师就在我们身边，而我们却冷淡了他，雪藏了他。他就是汪曾祺。"这是著名评论家王干先生在《被遮蔽的大师——论汪曾祺的价值》

里对汪曾祺的评价。

"回望汪曾祺"这套丛书，就是回应王干先生并向汪曾祺致敬的一套关于汪曾祺著作和评价的文丛。先期出版五种：《夜读汪曾祺》《人间送小温——汪曾祺年谱》《汪曾祺诗词选评》《汪曾祺论沈从文》《我们的汪曾祺》。

《夜读汪曾祺》是著名评论家王干先生三十多年来研究汪曾祺文章的汇编，从多种角度解读汪曾祺为文为人和对中国当代文学的贡献，并由此认为"汪曾祺可以当之无愧被称为20世纪中国的文学大师，他的'大'在于融汇古今、贯通中西，将现代性和民族性成功融为一体，将中国的文人精神与民间的文化传统有机地结合，成为典型的中国叙事、中国腔调。他的价值是中国文学和文化的瑰宝，随着人们对他认识的深入，其价值越来越弥足珍贵，其光泽将会被时间磨洗得越发明亮迷人。"《人间送小温——汪曾祺年谱》是徐强先生花费多年心血研究整理的国内首部完整的汪氏年谱，具有极高的文献价值。《汪曾祺诗词选评》是金实秋先生对汪曾祺的诗词楹联的点评，有的诗词楹联还是第一次正式出版。《汪曾祺论沈从文》是刘涛先生对汪曾祺怀念老师沈从文的十余篇文章的解读。《我们的汪曾祺》由苏北先生选编，是国内文化名人、作家、评论家、读者怀念和评价汪曾祺的文章的一次集中展示。

我们回望汪曾祺，是因为汪曾祺的文学作品越来越受到读者的推崇和喜爱，而他也无可争议地成为当代文学大师。正如王干先生所说："当中国文学回归理性，民族文化的自信重新确立的时候，汪曾祺开始释放出迷人而灼热的光芒来。"

之二

"回望汪曾祺"丛书的《夜读汪曾祺》《人间送小温——汪曾祺年谱》《汪曾祺诗词选评》《汪曾祺论沈从文》《我们的汪曾祺》前五种出版后，得到了广大"汪迷"和读者朋友的肯定和喜爱，作为汪老家乡的出版社，我们深感荣幸，也深受鼓舞。今年是汪曾祺先生逝世二十周年，为了纪念这位"被遮蔽的大师"，在汪曾祺长子汪朗先生的大力支持下，经过丛书主编王干先生的积极运筹和诸位作者的精心编撰，我们得以再次奉献九种"回望"系列，包括金实秋创作的《泡在酒里的老头儿：汪曾祺酒事广记》、庞余亮选编的《汪味小说选》、陈武选编的《林斤澜谈汪曾祺》、王树兴选编的《高邮人写汪曾祺》、陈武创作的《读汪小札》等五种，以及由汪曾祺研究专家徐强按地域重新选编的汪老作品《梦里频年记故踪：汪曾祺地域文集·高邮卷》《筅吹弦诵有余音：汪曾祺地域文集·昆明卷》《岂惯京华万丈尘：汪曾祺地域文集·北京卷》《雾湿葡萄波尔多：汪曾祺地域文集·张家口卷》四种。

汪曾祺先生的作品已成为读者心目中百读不厌的经典，对于汪先生作品的探究也逐渐成为现代文学史研究的显学。

"回望汪曾祺"是一个开放性的系列丛书，我们还将陆续推出新的作品和学术研究成果，向一代文学大师和扬州乡贤致敬，同时也恳请广大作者和读者不吝指教。

2017年4月

（"回望汪曾祺"是2017年出版的关于汪曾祺著作和相关书籍的一套丛书，分两辑出版，第一辑五本，第二辑十本，出版前言由陈武撰写，出版时署"广陵书社编辑部"。）

"中国书籍文学馆·微小说卷"总序

记得日本当代小说家阿刀田高把微小说比喻为"有礼貌"的体裁，大致意思是，读一篇优秀的微小说，在没有花费多少时间的情况下，能让读者会心一笑，或别有感触，那这篇作品就很有礼貌了。如果你花费几天甚至个把星期，读一部庸俗的长篇，恐怕就难免会为时间的浪费而感到愤懑。

我很欣赏阿刀田高的话，在读过他的四册一套的《黑色回廊》后，更觉得他是一个"有礼貌"的天才微小说大师。

目前，微小说越来越受到读者的追捧，主要原因，就是一个"短"字。短，是微小说最大的优势和特色，读者在有限的时间内，欣赏到一篇有趣的文学作品，那种愉悦和欣喜，就像喝一杯雨前龙井新芽，而且用的也是龙井泉水，入口浓香，直透肺腑，回味悠长。

但是，老实说，我对现在的微小说现状，并不甚满意，从大趋势来讲，和20多年前相比没有什么发展，不仅形式上，就是创作技巧和思想深度方面，也鲜有突破，而且也看不出有突破的迹象。更让人忧虑的是，一些以微小说成名的作家，其作品不但迎合了报纸的需求和市场的需要，变得毫无个性和特质，还给后来者造成一种误读和假象，以为微小说就是这种模式，进而变得不思进取，不求创新，不求突破，追求的仅仅是一篇篇在各类晚报（生活类报纸）和故事类杂志的亮相，以篇数来自我安慰，以此在微小说界"擦亮"自己的名字，成为微小说"大家"，然后再沾沾自喜地包装几本作品集，就可以游刃有余地"混迹"江湖了。

我个人觉得，微小说是一种特殊的文体（尽管有人说，微小说不是小说，就像"白马非马"的理论一样）。所谓特殊，一来它要具有小说的特性，二来在篇幅上有所限制。正是这种特殊的属性，才阻碍了微小说的发展。众所周知，微小说的主要园地，是各类报纸的副刊，而副刊是不愿意发表三千字以上小说作品的，怎么办？作家们只好削足适履，把作品压了再压，最后弄成干巴巴的小段子或抖个包袱，或告诉一个蹩脚的"道理"，让人读后哭笑不得。可悲的是，大部分作者认为这就是微小说的"经典"，照模式进行"流水"作业。多年来，微小说，就是这样走过来的。

微小说市场之所以存在而且日益扩大，有许多原因，在此我不想多说。但作为微小说的写作者，如果一味地跟着市场转，以某篇作品作为高考试题或得个副刊的什么奖为荣，那就是悲剧了。以我接触这类副刊多年的经验，可以不客气地说，各种晚报副刊上的微小说，大都是不成熟的，或称不上是"小说"的，更谈不上福克纳所说的"我管什么读者。我引导读者"。一个好的微小说作家，他应该在遇到一个微小问题时，可以无限放大，可以敏锐地感觉到，头上被一片树叶砸中了，多年后，还会有疼痛感；而把文学意趣传递给读者的，也应该是这样的疼痛。疼痛才是经验。

鉴于此，我们推出了一套"中国书籍文学馆·微小说卷"，入选的作者，在中国微小说界都是颇有建树的名家，他们的作品，特色鲜明，个性突出，一直以来，都深受读者的喜爱。希望他们的作品，能够唤起广大读者对微小说的信心。

（"中国书籍文学馆·微小说卷"由中国书籍文学馆2014年1月出版，前言由陈武撰写，出版时署"编者"。）

《中国近现代历史名人轶事集成》序言

　　历史人物逸事，作为中国史学遗产的一个重要方面，自汉代起，在各类书志中就有载录，特别是魏晋时期，品评、臧否人物之风盛行民间及士大夫阶层，此类著述更是蓬勃发展。到了明清，特别是近代，数量更是剧增，品种也颇繁杂，渐渐成为中国史学发展史上一个突出现象，又因为其特殊的趣味性而有了更多的读者。

　　所谓"逸事"，是指正史之外各类野史笔记、稗乘杂史、家史家书和名人书信中有关历史人物的事迹。而历朝历代，都有一些文人对其加以搜集整理，有的学者更有浓厚兴趣对其进行研究、撰述，给这类逸事构建了进一步传播的路径，也为正史研究者拓展了视野。有的逸事，甚至被民间的大鼓、评书艺人改编，被写进"演义""话本"中，得到了更多的传播。

做研究的人往往深有体会，当想利用正史写文章时，所谓正史里却提供不出具体且有价值的东西；当不用它时，又觉得很有价值。所以，历代许多学问家，很看重野史和家史的价值，特别是各类名人"逸事"，从中去粗取精，可以加深对有关历史人物的了解和认识，有利于拓展认知的广度与深度。所以明代大学问家王世贞才有关于正史、野史和家史的一段辩证的观点，他认为："国史，人恣而善蔽真，其叙章典，述文献，不可废也；野史，人臆而善失真，其征是非，削讳忌，不可废也；家史，人谀而善溢真，其赞宗阀，表官绩，不可废也。"王世贞的观点很切实际，一方面，他认为对正史、野史、家史的得失应做综合评价，不要孤立地看问题；另一方面，他又认为对野史本身应辩证地对待，以免陷于偏颇。他的观点，事实上也得到许多学者的认同。

《中国近现代历史名人轶事集成》正是得益于这些野史和家史（当然也有其他著述），所收录的近现代名人范围较广，既有晚清的维新人士、革命志士、文人学士、杰出妇女，又有官僚政客、军阀流氓、商人巨贾，甚至还有宫廷太监，等等，可谓集大成者。由于内容多不见于正史，故可以从一些侧面补正史的许多不足。

《中国近现代历史名人轶事集成》一切从史料出发，从近现代出版的各类书刊、报纸中辑录、编排而成，既是一部学术资料，又是一部大众读物，既适用于专家学者做研究时参考、利用，也适合普通文史爱好者的休闲阅读。相信各阶层的读者都能从中找到阅读的乐趣，从这些历史名人逸事中，发现、揭秘人性的善美和丑恶，体会社会的风云变幻，感悟人间的世事沧桑。

（《中国近现代历史名人轶事集成》由山东人民出版社于2015年5月出版，序言由陈武撰写，出版时署"《中国近现代历史名人轶事集成》编委会"。）

《海州童谣》跋

小花鸡，跳磨台，

哪天熬到小媳妇来，

多吃多少及时饭，

多穿多少可脚鞋。

（《海州童谣·小花鸡》）

童谣，是民间儿童可吟、可哼、可诵的一种短小的韵文作品，在全国各地有着广泛的群众基础，产生了一大批优秀之作。然而，多年来，由于疏于收集和整理，不少优秀的童谣随着时间的推移和时代的更迭而湮没了。童谣作为民间口头相传的一种艺术形式，它的内容的丰富性、哲理性、机智性、滑稽性、嘲讽性、游戏性、浪漫性、纯真性，是所有成人文学作品无法企及的，应该引起我们的足够重视并认真研究，使这一人类文化遗产得以保留。

那么，什么是童谣？它和民歌、民谣有着怎样的区别呢？《中国民歌》（浙江教育出版社1989年6月版，吴越著）第一章《什么是民歌》里有这样一段论述："（民歌）有比较稳定的曲线结构，歌词也有与乐曲相适应的章法和格局，是一种融词、曲、表演为一体的综合艺术；'民谣'则一般不唱，也大多无固定曲调，却可以哼，可以吟，可以朗诵，章句格式上较自由，不像民歌那么严格，但仍带有很强的音乐感与节奏感……"从这段话里，我们大致了解了"歌"和"谣"的区别。

早在先秦时期，就有关于歌谣的种种论述，其后各朝各代，也都有典籍记载。《国语·晋语》："童，童子。徒歌曰谣。"《丹铅总录》（杨慎著）卷二十五里也说："童子歌曰童谣，以其出自胸臆，不由人教也。"《诗经·魏风·园有桃》中则有"心之忧矣，我歌且谣"之说。《毛传》注曰："曲合乐曰歌，徒歌曰谣。"《韩诗章句》云："有章曲曰歌，无章曲曰谣。"这些都是以

"合乐与否""有无章曲"来划分"歌"和"谣"的。大体说来，童谣就是指传唱于儿童之口的没有乐谱的歌谣。它的叫法很多，如清人杜文澜在《古谣谚·凡例》中，把"儿谣、女谣、小儿谣、婴儿谣"等都归入了"童谣"一类。此外，其他古籍中还有称"孺子歌""童儿歌""儿童歌""孺歌""小儿语""女童谣"等。据说，《国语·郑语》中记载的《周宣王时童谣》是我国最早的童谣。如此说来，童谣也有近三千年的历史，在我国文学史上，能够与它比"老资格"的，只有《诗经》中的某些篇章了。而实际上，童谣的产生还应该更早，应该说，有人类语言始，童谣就产生了的，只是无人搜集记载罢了。

雷群明、王龙娣合著的《中国古代童谣赏析·前言》里，认为"中国古代童谣的历史，可以发现一条明显的分界线，在明代以前，所有的童谣几乎都是政治童谣，不同程度地都是政治斗争的工具，它们与儿童的生活简直不相干；从明代开始，在继续发展政治性童谣的同时，产生了一批真正反映儿童生活的童谣，或者说，这时才有人有意识地开始创作和收集真正意义上的童谣"。事实也正是这样，现存的我国最早的童谣专集，就是明人吕坤编成的

《演小儿语》，此后，这方面的专集才逐渐多了起来。

新文学运动之初，北京大学还专门成立了"中国歌谣研究会"，参加者大多是该校的名教授，还编辑发行了周刊《歌谣》。刘半农、周作人、顾颉刚、陈梦家、钟敬文、常惠等著名学者都在《歌谣》上发表不少文章，还开展了"歌谣是什么"的讨论。通过讨论，使学术界对歌谣的性质和定义有了明确的认识。此后，朱自清也在清华大学开课专门讲授歌谣。鲁迅还为《歌谣》周刊周年纪念增刊设计了封面。这些都为我国歌谣学的发展奠定了坚实的基础，一些关于歌（童）谣的专著也应运而生。

童谣作为歌谣的组成部分前面已有所交代，但是由于童谣的创作者大多为孩子（也有大人根据孩子的理解能力和心理特点编成的）并在孩子们中间流传，童谣就更具有天真、童趣、稚纯等特点，而且语言也相当活泼形象。连云港市地处我国东部沿海的脐部，"东临大海，西接中原，北依齐鲁，南扼江淮。它既是我国南北自然气候的分水岭，也是南北文化辐射的交汇处，又是古代淮盐的集散地和商贾辐辏的贸易港口，加上历史上中原和苏南多次大批民众迁徙来此，……诸多因素，对连云港地区的生产方式、经济规模、文化乃至方言、民风习俗都产生了深刻的影响"（《连云港民间情歌·序》）。反映在童谣上，则呈现出内容丰富、形式多样等特性，大致可分为游戏类、劳动类、仪式类、生活类等，也可细分为摇篮曲（催眠曲）、数数歌、问答歌、游戏歌、连锁调、绕口令、颠倒歌、时序歌、喜话歌等。童谣除具有明显的教育意义，对儿童能够起到增长知识、启发智慧、开拓想象、培养品德、陶冶情趣等作用外，也有不少是伴随着游戏趁韵而作的，含义不多，重在音节和谐，起到统一游戏、步调一致的作用。童谣一般比较短小、易念、易记、易教、易传。常见的表现手法有拟人、反复、重叠、对答、排叙、比喻、夸张、联想等。

连云港童谣中的摇篮曲又叫催眠曲，是大人唱给婴儿听的。也许婴儿躺在摇篮里根本听不懂歌词的意义，但它和谐的声调、温柔的情感、优美的旋律，可以唤醒婴儿的听觉和安慰幼小的心灵。如："树叶儿，啦啦啦，小乖乖睡觉找妈妈，乖乖你睡吧，小猫来了我打它。"孩子们稍微大一点了，要教孩子们识数了，这就有了数数歌。"一二三，三二一，一二三四五六七，七加八，八加七，还有十九加十一。""打一打二打三四，打黄狗念钢字，打五六，打七八，不多不少十六下。""一条河上九个弯，九个弯里九棵树，九棵树上九个喜鹊窝，九个喜鹊窝里九个喜鹊蛋，九个喜鹊蛋上九个喜鹊斑。""一盆玫瑰两朵花，三个小孩都要它，四丫家有五个娃，拿了六块七棱砖，跑到八仙庙，惊飞庙里九棵树上十只大老鸦。"这类童谣把抽象、枯燥的数字巧妙地跟情节与音韵联系起来，读来顺口，便于背诵。问答歌也叫盘歌，它采用一问一答或连问连答的形式，启发儿童的思考和提高其应变能力。"小乖小乖别淘气，妈妈带你去看戏。什么戏？游戏。什么游？豆油。什么豆？豌豆。什么豌？台湾。什么台？抱你小乖上锅台。""什么尖尖尖上天？什么尖尖在水边？什么尖尖街上卖？什么尖尖姑娘前……"这里的"尖"，也可换作"圆"。游戏歌是备受儿童喜欢的一种童谣。在儿童生活中，游戏占有重要的位置。游戏歌是伴随着游戏动作而唱的。如抓麻和，又叫抓（挖）子，是女孩子们常玩的一种游戏，一边玩，一边唱："撒拉香，潘溜林，溜溜大姐上南城，头层子，对头。撒拉二，二二，过二，过南京说话……"这个童谣在连云港各地有多种唱法，词也有异，但曲调没多大差别。还有《卖锁》

《抱小狗》《踢脚斑》等游戏歌。《踢脚斑》这个游戏比较古老，全国都有流传，版本不一，仅连云港市各地就有几种不同的唱法："踢脚斑，靠老山，老山柳，踢古柳，古柳垂，踢花梅，花梅大，踢老大。"这种唱法主要流行在东海县房山、平明一带。连云区宿城、高公岛一带的唱法又是这样的："踢脚斑斑，踢到南山，南山有个，螺螺宝贝，金大哥，银大哥，上山织筐箩，筐箩成，踢花梅，打你小脚，盘起来。"海州和灌云的唱法又有不同。这是因为，童谣是以口头传唱方式流传的，就难免要发生因时、因地、因人而异的现象，甚至还会出现有意无意加以修改的情况。还是这首《踢脚斑斑》，据雷群明考证，《明诗综》以此为题记的是：

狸狸斑斑，跳过南山。

南山北斗，猎回界口。

界口北面，二十弓箭。

而明朝杨慎的《古今风谣》题为《元至正中燕京童谣》，作：

脚驴斑斑，脚蹦南山。

南山北斗，养活家狗。

家狗磨面，三十弓箭。

上马琵琶，下马琵琶。

驴蹄马蹄，缩了一只。

周作人说他家乡的孩子是这样唱的：

铁脚斑斑，斑过南山。

南山里曲，里曲弯弯。

新官上任，旧官请出。

北京大学歌谣研究会出版的《歌谣》第21号说明湖南是这样的：

脚踩斑斑，手指南山。

南山北斗，不用家口。

除吊美人二十回。

一大只。

据浙江舟山市《海中洲》杂志王冰的《"踢踢扳扳"小考》，舟山一带是这样唱的：

踢踢扳扳，扳过南山。

南山北龙，志农买牛。

牛蹄马脚，

失落地主狗一脚。

《宁波歌谣一束》所载为：

踢踢扳扳，扳过南山。

南山北斗，天津买牛。

牛蹄马脚，前脚搁起。

顾颉刚所著的《吴歌甲集》也载有此谣：

踢踢脚背，跳过南山。

南山扳倒，水龙甩甩。

新官上任，旧官请出。

木渎汤罐，

弗知烂脱落里一只小弥脚指头。

　　这首《踢脚斑斑》在许多地方还有不同的"版本"。
"有人认为它的最早出处是《礼记·檀弓》中的《登木
歌》：'狸首之斑然，执女手之卷然。'那么，它已是有
几千年的历史了。在这漫长的时间内，不断地在流传中被
'改编'，所以，变化这样大就不足为奇了。"（《中国
古代童谣赏析·前言》）颠倒歌也是一种非常有意思的童
谣样式，又叫诌空或扯谎，常把一些自然现象和社会情况
说得与实际相反，把现实中不会有的事物讲得有声有色，
仿佛真有其事似的。如："说我诌我就诌，东西街南北
头，搬来口袋驮驴走，顶头撞见人咬狗，拾起狗来砸砖
头，狗被砖头咬一口。说我空我就空，鼻子朝南脸朝东，
骑着大刀扛着马，马头朝南往北冲，高楼冲到马身上，
人能腾空马驾云……""反唱歌，倒起头，爷七十，娘
十六，哥哥十八我十九，记得外公娶外婆，我在轿前打灯
笼。""稀奇稀奇真稀奇，麻雀踩死老母鸡，蚂蚁身长七
丈五，八十老头摇篮坐。"这种童谣流行很广，听起来比

较古怪、奇特、滑稽，甚至可笑，仔细去想一想，琢磨琢磨，却又包含着其他的内蕴。谜谣是谜语和童谣相结合的产物，这种童谣能增加儿童学习知识的兴趣，并能积极有效地开发他们的智力。"一家兄弟俩，个子一样高，一天三顿饭，光吃不上膘。"（筷子）"硬舌头，尖尖嘴，不吃饭，光喝水。"（钢笔）"家后一棵柴，弯弯扭扭长起来，开红花，结烤牌。"（扁豆）"一棵小树没多高，小孩爬在半山腰，怀中藏着小宝宝，头上戴着红缨帽。"（玉米）"麻屋子，红帐子，里面住着白胖子。"（花生）这类童谣由于有助于锻炼智力和增长知识，又便于记忆和说唱，因而深受儿童欢迎。还有一些"革命童谣"，是战争年代的产物："日本鬼，活受罪，打起仗来往后退。人家问他为什么？他说生来就败类。""头戴破草帽，身穿旧棉袄，怀中别个盒子炮，进城摸岗哨。要查良民证，你让我来掏，掏出个盒子炮，赏你几颗小红枣，送你早日回阴曹。"而有些"革命童谣"是根据其他童谣改编的，也非常贴切有趣。"小公鸡，跳磨台，哪天巴到解放军来，吃碗安稳饭，穿双可脚鞋。小公鸡，喔喔叫，哪天巴到解放军到，说句舒坦话，睡个伸腿觉。""一位大姐刚十八，坐在门空把鞋底衲。衲得结实密层层，衲了一双送给他。妹妹问，嫂嫂答，他呀他呀他是谁？他呀他呀就是他。你说到底他是谁？他在部队戴红花。县大队里好战士，南征北战把敌杀！"

如果要细分海州童谣，还有很多类型，如地名歌、特产谣、时序歌、乞丐歌、喜话歌等，还有一些童谣没有任何意义，海州方言叫"踏流言"。至于一些儿童之间互相骂人的"谣"，只能说明孩子们反应敏捷、聪明伶俐罢了。

总之，海州童谣作为民间文学或民俗学的重要组成部分，有必要加以搜集、整理和研究。《海州童谣》一书就是我们在这方面做的一点工作。由于时间仓促，加之编者水平有限，恐有不少遗漏的上乘之作和片面谬误之处，希望这方面的专家、学者和广大读者随时飞柬相告，他日幸得重印，秋风落叶，逐一拣拾。在此先期谢过。（本文系《海州童谣》跋，和崔月明合著）

2000年5月22日—6月5日初稿

2001年4月1日修订

《南窗书灯》自序

　　成仿吾先生在1927年1月《洪水》杂志第三卷第二十五期上，有一篇文章——《完成我们的文学革命》，文中略带嘲讽的口气，说鲁迅先生"坐在华盖之下抄他的小说旧闻……这种以趣味为中心的生活基调，它所暗示着的是一种在小天地中自己骗自己的自足，它所矜持着的是闲暇，闲暇，第三个闲暇"。到了1932年4月，鲁迅先生编辑他的第四本杂感集时，对成仿吾的话还有些耿耿于怀，在序言里重提了这件事，"而且'有闲'还至于有三个"，因此，把文集"编成而名之曰《三闲集》"。

　　鲁迅先生被人家说"闲"有些不痛快，原因比较复杂，我们不去推想。丰子恺先生写文章标榜自己闲，却是真心的，他的画和散文，大都反映悠然、自在、恬淡、清闲、自然、质朴、乐观等内容，有一篇《闲居》，还把"闲日月中的闲日"的生活情调，比作音乐，举了一大堆音乐术语和音乐家，很有些自得其乐。姜德明文，方成、徐进画的《闲人闲文》，记述不少京城名流悠闲自得的读书生活，倒是让人神往。记得若干年前，看过一本小书，叫《中国人的悠闲》，讲了许多种中国式的悠闲，散步、游历、养花、钓鱼、谈天、喝茶、下棋、观剧、听书、唱曲、斗鸡、斗蟋蟀、玩鸟、吟诗……还把读书之乐当作悠闲的一部分，我对此深有同感。一向以玩乐为上的清人李渔在《闲情偶记》里更是说，"读书最乐之事，而懒人常以为苦……就乐去苦，避寂寞而享安闲，莫若与高士盘桓、文人讲论"。现代作家孙犁在读书之余，喜欢给书包上书衣，并在书衣上题简短文字，记述与书有关的人和事，独创一种"书衣体"，结集有《书衣文录》，留下佳话。孙犁喜欢理书整书，觉得这是生活中高境界的悠闲。汪曾祺在《谈读杂书》一文中说："泡一杯茶，懒懒地靠在沙发里，看杂书一册，这比打扑克要舒服得多。"

　　以上这些，说的都是读书的"闲"，不过，能达到这种闲的境界，可不是一般人能做到的。有人说，好读书如果是天性，那当然什么都不用说，肯定是乐在其中，不读则苦。嗜好读书正是无功利目的的读书，是一种悠闲而有意义的享受。宋代大文人黄山谷也说，三日不读书，便会言语无味，面目可憎。林语堂把读书比作是一种心灵的活动。清代文人张潮在《幽梦影》里，对读书更有妙解：

> 善读书者，无之而非书。山水亦书也，棋酒亦书也，花月亦书也。

> 有功夫读书谓之福，有力量济人谓之福，有学问著述谓之福，无是非到耳谓之福，有多闻直谅之友谓之福。

> 少年读书如隙中窥月，中年读书如庭中望月，老年读书如台上玩月，皆以阅历之浅深为所得之浅深耳。

把读书说成这样，可见已经到了某种化境。时下，商潮滚滚，各种诱惑层出不穷，读书的"闲人"或者读"闲书"的人凤毛麟角，谁还有心情雪夜闭门读书呢？但是，这样的闲适，我却是向往已久的。在云台山南坡的一个山坳里，我置了几间石头房子，背对山崖，门迎深涧，周围皆是绿树，房后还有一眼甘泉，很适合隐居读书。受鲁迅先生《三闲集》的启发，我把这几间石头房子叫作"三闲小屋"。"三闲"是一个概数，是许多"闲"的累积，但也少不了"闲人、闲书、闲文"之意，也许过不了多久，我也能写一本《三闲小屋读书记》之类的小书出来吧。

《天边外》自序

　　这是我的首部中篇小说自选集，收入了近年来发表在《花城》《青年文学》《北京文学》《钟山》《天涯》《清明》等刊物的十部中篇小说。这些小说，大部分都被《小说选刊》《中篇小说选刊》和《小说月报》等选载过。

　　我的中篇处女作《估衣》发表于1996年的《雨花》，而写作的时间却在1993年。《估衣》在"旅行"了几家杂志社以后，最后得以在《雨花》发表，对我是个很大的激励。此后，我的写作好像越来越有把握，发表的渠道也似乎畅通起来。到2004年年末，我已在国内主流文学刊物上发表中篇小说三十余部。

回过头来重新审视这些小说，感觉就像在我的土地上种植自己的庄稼，收割入仓以后，便不太怎么珍惜了，远没有当初写作时的那种感动。

　　《宠物》通过一个城市自由职业者的眼光，描写了物欲横流下扭曲和变异的男女情爱生活；《换一个地方》叙述得比较冷静，写了一个像苔丝一样内心纯洁的姑娘于红红，如何在生存的挤压和城市灯红酒绿的诱引下，身不由己地一步步走向堕落，当作为最后一点希望寄托的表姐也沦为酒店"大姐"时，于红红美好而不切实际的理想也随之破灭；《码头嘴》从一个懵懂、贪玩的孩子的视角，来展示这个世界的冷酷、荒诞、丑恶以及美好东西的脆弱和复杂人性的难以认识与把握；《菜农宁大路》则更显凝重，主人公在身患头晕病、不能生育的妻子和相好的寡妇之间消耗了几乎全部能量，而在权势人物笼罩下的挥之不去的恐怖的影子，害虫一样一点点地吞噬了他所有的心智和心血；《天边外》与其说是一次自然的探险或采风，还不如说主人公们在经历一场精神、意志和人性的探险，那远在天边的奇异风景，实际只存在于每个人的心中；《记忆的夏天》叙述的是一场忧伤的爱情，往事如烟，童年的天真无邪似乎变得十分遥远，而记忆的夏天又分明清晰如昨，然而，物是人非，时光的刻刀把原本纯洁的心灵刻划得伤痕累累，宝贵的情感，已经变成贿赂的工具，成为猎取功利的筹码；《女生马丽》展现的是大学校园生活，描写了可怕的激情，揭示的是人性的复杂；由这篇小说引发出来的长篇小说《我的老师有点花》已经发表于2004年《十月》长篇小说立秋卷上；至于《谋杀》，我是把它当成一幅可悲亦可敬的乡村水墨画来描绘的，我试图用朴实的文字，展现背后那触目惊心的隐蔽于人性深处的罪和恶，看似不经意，事实上，每个人的命运似乎都在自己的轨道上不偏不倚地行走。我很少用这样冷静的话语，来叙述乡村底层的人群，将他们的生存体验和内心感受细细地延伸和放大，将人物内心的惊悸和灵魂的挣扎准确地呈现出来，从风格上讲（如果有的话），这部小说和我从前的作品相比，变化较大。从这部小说开始，我的"新农村小说"写作正式启动，在编辑这部书稿时，和《谋杀》一脉相承的《不是赌，就是爱》和《水关河两边》已经脱稿。

　　我的写作存在很大问题，有的还是根本问题。我已经隐约感觉到，但我说不明白。

无知者无畏，在我没有发现问题的时候，我真的什么都敢写，写作于我而言就像花开花落一样自然。然而当我在登山的路上发现路已经消失的时候，发现路途越来越险峻的时候，如何抵达目的地，需要的就是勇气和运气了。我现在既缺乏勇气似乎也缺乏运气。我得坐下来，歇歇脚，喘口气，打量一下周遭的世界，然后再决定自己是重新探险，还是沿着原路下山，抑或是寻找别人已经蹚出的路。

　　2004年11月3日于连云港新浦河南庄掬云居

吃喝的文艺

吃吃喝喝永远是一个地方的大事、一个家庭的大事、一个人的大事。

古海州向来讲究吃喝，并且有不少关于吃喝的传说和故事流传下来。板浦的吃，还被传成童谣，"穿海州，吃板浦"，成了老少皆知的口头禅，可见当年板浦的吃之有名。就连一条沙光鱼，也有一首好听的童谣传唱，能享受这个待遇的，绝非一般的鱼类。沙光鱼汤岂是随时随地能吃到的？

连云港有特色的吃食还有很多，一盘菜有上千条鱼的"小滴根"，可称海鲜中的绝响。一盘时令的豆丹，也可称天下美味。至于板浦的滴醋，高公岛的虾皮，徐圩、连岛一带的麻虾酱、鱼籽酱，花果山的风鹅，云台山的云雾茶，汤沟、桃林的大曲酒，等等，都是风味独特、天下无二的特产。

连云港所处的地理位置特殊，南北气候交汇，域内湖泊众多，沟河纵横；北方的齐鲁文化，南面的江淮文化乃至吴越文化，西面的中原文化，同时浸润着连云港人的思想，也影响着人们的味蕾。把三地文化中吃喝之精华加以吸收、消化和发扬，加上海州湾独特的海鲜、云台山丰富的野生植物资源和盐沼"阴阳水"里硕果仅存的"水鲜"，给连云港的饮食带来无穷的变化，也形成了只属于连云港吃喝的"小气候"。

古人造字，一个"品"字，可谓和吃喝皆相关。一道菜，吃三"口"才能算得上"品"，才能品出味来；吃三"口"，才会吃出三种不同的口感来；菜要三个人吃，才够意思；一口菜，一口酒，一口饭，才能算得上"品"。古代文人写吃喝的文字不少，如《随园食单》《易牙遗意》《调鼎集》《醒园录》《食宪鸿秘》《闲情偶寄》等；现、当代文人的作品则有《知堂谈吃》《雅舍谈吃》《食小札》《吃的品味》等。这些文人雅士不仅谈吃，好吃，会吃，还把吃吃出了文艺的范儿，写成了美文，吃成了当地的文化名片。来连云港爬过花果山的著名作家汪曾祺先生，也是美食家，谈吃食的文章汇编有《四方食事》《五味》，自己更是独创了一道"油条塞肉"的菜，成了美食创意者和实践者。因为汪先生的美食文章，高邮、扬州等地开了好几家"汪小馆""汪味馆"，"油条塞肉"更是这些主题饭馆的招牌菜。

连云港汇集南北吃食于一隅，处在"两合水"的独特地带，又有丰富的海鲜、湖鲜和河鲜，应该也要有这样一本书，一本能充分体现连云港吃喝文化的书。虽然此章的饮食部分只是这本书的一个缩影或片断，但也基本上涵盖了连云港吃食之大成。将来在这个基础上略加整理和丰富，再加上连云港美食家们不断开发出新的菜品、新的食谱，文艺家们再不遗余力地宣扬一番，说不定能创造出一种新式的菜系来，成为连云港饮食文化一张新的名片呢。

2018年3月29日

（该文是为《连云港文化·美食篇》写的题记）

享受文学带来的美好

    《中国好小说》是由我社和《小说选刊》编辑部着力打造的一个品牌产品，分中篇卷和短篇卷。顾名思义，各卷中收录的，是中国年度最好（中、短篇）的小说。

    《小说选刊》是中国大陆最优秀、最权威的小说选刊，由中国作家协会主办，以遴选全国各文学刊物所发表的中短篇小说精品佳作为己任，是文学发展的前沿阵地，在中国文坛有着举足轻重的地位，极受广大读者推崇和作家及文学爱好者的喜爱，是订阅人数较多的文学杂志之一。

    多年来，《小说选刊》奉行"好作品主义"，在全国历次"鲁迅文学奖"评奖中，都有多篇作品榜上有名。而一年一度的"茅台杯"《小说选刊》奖获奖作品，更是《小说选刊》所选中短篇小说中的精品力作，在读者中有着广泛的影响。

2014年，本社和《小说选刊》首度联手，出版了《2014年年度中国好小说》（中篇卷、短篇卷），深受读者的欢迎。

今年，第六届"茅台杯"《小说选刊》奖已经评选揭晓，本社在第一时间内把获奖篇目和候选篇目结集出版，正是应了广大读者的要求和市场的需要。为了方便阅读，仍分中篇卷和短篇卷。中篇卷共有三篇获奖作品，分别是叶广芩的《太阳宫》、红柯的《故乡》以及王十月的《人罪》。短篇卷共有四篇获奖作品，分别是邓一光的《我们叫做家乡的地方》、蔡骏的《北京一夜》、王方晨的《大马士革剃刀》和周李立的《八道门》。其他中、短篇候选篇目也都是叫得响的年度佳作，值得期待。

中短篇小说历来是文学的生力军，是不可多得的文学营养。特别是在当下多媒体时代，尽管各种"浅阅读"风行于各类阅读平台和电子媒介，但纸质书或纸质文学读物依然受到真正文学爱好者和阅读者的迷恋。正如《小说选刊》主编其其格女士所说："当新媒体占领人们的生活空间越来越大，新事物变得越来越日常化，人们的怀旧情感和新一轮的求变心理就会被刺激出来，势必会有越来越多的人把阅读纸质书刊当成一种生活态度和新的时尚，而我们感受到的生活，的确也在不断提供这种心理现象。"而文学的功能不仅仅是时尚，不仅仅是怀旧，"文学的功能之一就是荡涤大地的污物，扫除心灵的雾霾，净化精神的空间"（王干《中国好小说述评》）。

所以，我们愿借《中国好小说》（中篇卷、短篇卷）的出版，来满足广大读者的精神需求和审美需求，让广大读者享受文学带来的美好和慰藉。

2015年2月2日

（本文是作者为中国书籍出版社出版的《2015年年度中国好小说》写的出版前言，出版时署"中国书籍出版社"。篇名为编者所加）

"回望萧红"编后记

萧红是二十世纪三十年代以来，个性和创作风格相对突出的作家之一，由于她特殊的生活经历和情感经历，加上受到鲁迅先生的提携和帮助，一直受到很多的关注和评论，她的主要作品《生死场》《呼兰河传》等，是图书市场上的长销书。关于她的研究书籍，市面上也不断有"新面孔"出现，从新时期以来，仅我所见，就有萧凤的《萧红传》，骆宾基的《萧红小传》，萧军编著的《萧红书简辑存注释录》和《鲁迅给萧军萧红信简辑存注释录》，庐湘的《萧军萧红外传》，钟耀群的《端木与萧红》，郭玉斌的《萧红评传》，叶君的《从异乡到异乡：萧红传》，单元的《走进萧红的世界》，季红珍的《萧红全传》等多部，各种单篇文章更是数不胜数。这些书籍和文章，从不同的角度，书写了萧红短暂而不平凡的一生，对她独具特色的作品风格进行了概述和评论。

就我个人阅读而言，萧红也是较早进入我阅读视野的作家之一。二十世纪八十年代初，我还是一个懵懂的文学少年，阅读《生死场》时，还产生了不小的障碍，觉得她的小说故事性不强，语言怪异，枝蔓多，风景描写也多，但又觉得既然鲁迅先生都写了序言，那一定是好小说了，于是坚持读完了。直到多年后，读过《呼兰河传》并重读了《生死场》，才感觉到萧红的了不起，才觉得，一个作家，不管他（她）活多久，作品的量有多少，关键要建立自己的语言体系和叙事风格，要有自己清晰的创作特色，用现在的话说就是要有辨析度，也就是说要做一个文体家，对汉语言有独特的贡献。沈从文是这样的作家，萧红也是这样的作家。这个时候，对萧红的作品不仅是有了全新的认识，还刻意搜罗她的著作和她的相关文字，陆续又读到她的一些小说、诗歌和散文，如《商市街》等，对她的语言体系和叙事风格更加的喜欢了，对她的文体特征和思想内涵也更加推崇了。同时，也开始关注有关她的评论。在《鲁迅全集》里，把鲁迅致萧军、萧红的信通读了一遍。而对茅盾等人评价她的话也深以为然。

早在2014年，我在为中国书籍出版社选编"中国书籍文学馆·大师经典"时，就选编了《萧红精品选》，精选了萧红的小说、散文和诗歌共三十万字，出版后，连续加印了多次。后来又约扬州作家蒋亚林先生写了一本《从呼兰河到浅水湾——萧红传》，由中国书籍出版社于2015年出版发行，在读者中产生了较大的反响，收到了较好的社会效益。

这次编辑"回望萧红"系列丛书，我们在三年前就开始启动，征求了许多专家学者的意见，书目也列了多种。经过多方面的考虑，我们选择了九种图书先期出版，其中有萧红的代表作《生死场》《呼兰河传》和《马伯乐》，也有《萧红短篇小说选》和《萧红散文选》，此外还把萧红写鲁迅的文章，选编了一本《萧红写鲁迅》。需要说明的是，在《萧红写鲁迅》中，有两篇关于鲁迅的文字没有收入，一篇是诗《拜墓诗——为鲁迅先生》，一篇是哑剧《民族魂鲁迅》，因为这两篇文字收进了《萧红诗歌戏剧选》里了。在《萧红书信与日记》里，把鲁迅写给萧军、萧红的书信作为附录，也一并收入，读者通过对照阅读，可以了解鲁迅当年扶持、帮助他们成长为优秀作家的大致经过。此外，几年前出版的《从呼兰河到浅水湾——萧红传》，经作者同意后，也收入到这套丛书中，丰富了这套书的内容，让读者在阅读萧红作品时，对她的一生有较为详细的了解。

2019年5月20日匆匆写于北京团结湖

《三里屯的下午》编后

集中的几部中篇小说，都是我近年来的新作。我是从2018年春开始集中写作中短篇小说的，其间当然也做了别的事，比如穿插写了许多篇图书的"编后记"。因为要编一套六卷本的随笔集，把自己历年来的随笔做了一个阶段性的小结，同时又新写了二三十篇短文。从去年下半年开始，才真正一门心思地写中短篇小说（除了这里的几篇外，还有一些中短篇小说收在另一个集子《天边外》里）。本书中，《朱拉睡过的床》描写的是大龄青年在事业和爱情上的挣扎、误解和追求，以及他们不同的生存现状；《三姐妹》通过回忆青年时的一段浪漫远行来诠释了一段纯真的感情；《声音》

是对环境的控诉，同时因为不同的声音，主人翁重回从前熟悉的生活轨迹；《到燕郊有多远》和《三里屯的下午》是关于城市寄居者在重重压力下抱团取暖的别样书写；《歌声飘过二十》是一部悲剧故事，通过现在时和过去时的穿插，反映几个男女之间在情感、工作及遭际上的煎熬、拷问和两难选择，这部作品或许会触动一些人的心灵，人们在追求美好爱情和向往幸福生活的同时，该怎么面对具体现实中的机遇和过失，实在是许多人面对的课题。

顺便提一下这几篇作品的发表情况：《朱拉睡过的床》发表于2019年第三期的《小说月报·原创版》上，《三姐妹》发表于2019年第一辑的《中国生态文学读本》上，《声音》发表在2018年第六期《清明》上，《歌声飘过二十》《三里屯的下午》《编辑部的咳嗽》《到燕郊有多远》也分别被《山花》《钟山》《雨花》等杂志留用。

近来和同事有几次小聚，闲聊中，猛然发现，我从2011年4月潜入京城，眨眼间九个年头了。如果把九年做个盘点，实在是蹉跎了很多光阴，写了许多零零碎碎的东西，唯独荒废了自己心爱的中短篇小说。现在醒悟还不算晚，接下来的计划还有一大堆，决意一步一步去完成，至于收获怎样，那就先不去管了——因为这个工作不是付出多少就能回报多少的，太熬人了，太劳心费神了。到了这个年龄，该有自己后半生的计划了。想想多年来所走的路，生活对我还算不薄，读书、写作、思考、探索，既是爱好，也是职业，很少有人有这么好的机缘。就算苦点累点也是自己选的，个中乐趣也是别人无法体会的，那就继续去探索我的文学之路吧。另外的爱好，就是到处走走看看，也没有什么明确的目的，所到之处，或会会朋友，喝酒、茶聚、聊天，或上山下海，在自然风光和名胜景点里徜徉、徘徊一番，转头再回花果山下掬云居或北京朝阳草房荷边小筑小住几天，日子也就如指间流水，悄然而逝。

前几日，不知因何触动，突然想去看看冬梅，哪里好呢？就南京吧，不仅有梅花山，还有东郊的好风光。说去就去，背上行囊，买张复兴号车票，三个半小时到达。梅花究竟还是好，在一片萧条的植物中，梅在寒冬的阳光下开放得格外惹眼。红的，黄的，或含苞待放，或正咧嘴微笑，春风还在很远的地方酣睡，寒潮也正侵袭于山野阡陌，一朵朵的梅就展露芳颜了。我伫立梅枝下，沉静半晌，看看它们，想想它们。有一句老话，"月未圆，花半开",我心里突然释怀,不远千里跑来看一眼梅,觉得特别的值,再拍几张照片,仿佛一种仪式的完成,身心特别愉悦。回到北京,隔几日,在编这本集子之前,又突然挂念起中山公园的一株蜡梅来,某年冬天我去看过一回,也被小小感动过。此番再去,竟没有寻到。也罢,无须为此怅然,只要心中有梅在,何必都要看过呢,又怎么能看得尽?保持一点好奇心和童心,足够好了,不要试图去"深邃"什么,日子就是这么简单和平常。记得同事紫青萝在微信朋友圈里写过:"人生没有固定的模板与范式。……不用去羡慕别人站得高、走得快,更不要在比较中打击自己的信心。我们每个人都是独一无二的,都在书写着与众不同的人生。"事实也正是这样,生活中要写的东西太多,保持好写作的心态,看看现世的美好,发点自己的感想,写写自己爱写的文字,以自己的风格呈现在读者面前了,心愿也就达成了。

　　是为记。

　　　　　　　2019年3月11日于北京朝阳草房荷边小筑

《天边外》编后

这些年北京、海州两地往返，很少遇到下雪的时候。北京和海州相比，偏北，按说雪更多些，但这几年雪一直不肯光顾。海州的下雪天本来就不多，这几年也难遇到。不过今年运气真好，花果山的雪，我遇到了四次！前两次是在夜间，从机场一出航站楼，被眼前的雪惊到了，那雪正下得急，迷住了眼。因急于找车、搭车，加之是深夜，虽心里喜悦着，但并未好好领略。

春节前那场雪，也是没有心理准备的。那个早上，觉得天比往常亮得早，往楼下一看，下雪了，一片白。谁的内心都有白的一块。和雪相映，有些白，便不算白了。下雪了，总能唤醒一些记忆、一些愉悦，总想对谁说一声，分享一下——无论是怎样的情怀。

今天在朋友家吃午饭，饭后出门，雪又不期而至，我便拍了几张照片。和朋友发微信消息，免不了会告诉对方，下雪了。我又欣喜地告诉北京的同事，我这儿下雪了，还把照片发给对方看。照片上的雪景，很有些规模，是像样子的一场雪。我还在小区水榭边的太湖石上，以雪为纸，写上了自己的名字。太湖石上的雪，落了一层，不算厚，也不算薄，能清晰地看到两个大字。太湖石的下边是一池碧水，旁边就是带美人靠的水榭和无栏的麻石曲桥。照片上的景致本来都是静物，可太湖石顶端的斜面上，因为就着雪景写出来的两个字，静物便活了，不仅有了语言，还有了生命。记得在小区里拍雪时，雪后晴空很高，很透，也很蓝，整个世界显得明净而清爽，随后阳光灿烂起来，难得冬日有这样的好阳光。再随后，雪开始融化，路上的积雪下面有水了，有脚印和车辙的地方，已经露出了草坪和路面。但我还是喜欢走在阳光照射的雪地里，因为它会发出一种奇妙的声音，细碎而响亮，有一种过程感，每一步都不一样，像有一个人在你身边跟你说话，很喜欢听的那种话——只有自己走着，才能听得出特别的意思来。

这是2019年春天的雪，雪下在我家小区的院子里，具有一番独特的风韵。过年了，雪下得急，阳光也来得快，我心情很不错。想想再过几天，我就要去北京公干了。听朋友说，北京的雪还没有来，我或许能赶上，或许赶不上，我也不去多想了。现在，要紧的是，我在雪后晴天的书房里，整理去年以来写作的作品。这是一个中短篇小说的集子，除了《吴小丽一周的情感波澜》，集中的大部分作品都写于去年。去年是我集中创作中短篇小说的年份，分别在《中国作家》《雨花》《小说月报·原创版》《青年文学》《广州文艺》《山花》《山东文学》等杂志上发表，我把这些作品选编了两个集子，前一个叫《三里屯的下午》，被中国文史出版社的全秋生先生要去了。现在这个集子也以其中的一篇《天边外》来命名。关于《天边外》，也有几句话要讲，严格地说，并不算新作，是写于多年前的旧作了，这篇小说发表后，被《小说月报》选载，在读者中引起较大的反响，甚至有"驴友"按照小说中的路线去藏北探险。不久前，一本关于"原生态文学"

的文学选本要选这篇小说，我又在发表本的基础上进行了较大的改写，而且这篇小说也没有正式编进过集子里，所以也当新作论了。

写小说的过程，有点像我拍的雪的照片，平常的雪景，当然也是美丽的，但毕竟是单调的雪，只有点缀得当，雪景才能活起来，才会有灵动之气。这样说来，我喜欢有灵动之气的小说，喜欢"活"的小说。我的小说是不是这样呢？

2019年2月10日下午急就于花果山下秀逸苏杭

鲁迅致萧红书信里的文学话题
——写在《萧红书信与日记》之后

　　作家和作家之间的通信，当然以文学的话题为主了，鲁迅先生是文学界的泰斗级大师，萧红不过是一个初涉文坛的年轻作者，更何况，萧红是以一个文学青年的身份主动向鲁迅求教的，文学的话题自然就占了很大比重了。我们今天重读这些文字，依然能够感受到鲁迅对于文学的深刻的见解和对于后辈的关怀与提携，其中有许多有价值的论述，至今仍然起到引领作用并引发人们对于文学与社会、文学与人生的思考。

在鲁迅致萧红的书简中（大部分是写给萧军、萧红二人的），涉及内容较广，其中有关于家庭的，有关于孩子的，有关于朋友的，有关于日常琐事的（如借款、搬家），还有对目前出版界的看法，但大部分书信的内容都涉及文学和创作。涉及文学的，大致有三个方面：一是以鲁迅自己的作品（包括译作）为话题引申而谈的，二是以萧红（萧军）的作品为主要论述的，三是对于其他作家的作品进行评述和介绍的。这种在书信里的谈论，和纯粹的创作不一样。创作的文章是用来公开发表的，特别是论述文学的文字，更要求精炼、准确和严谨，而友人间的书信往来，所谈所论，大多是轻松的、率真的、无所顾忌的，并且还涉及友情等元素，更有真实的情感。

涉及鲁迅自己的作品，在书信中，鲁迅都能客观地论述事实，比如在1934年11月12日鲁迅致萧军、萧红的信中，在回答他们提出的几个关于文学的话题中，鲁迅是这样作答的："我是赞成大众语的，《太白》二期所录华圈作的《门外文谈》，就是我做的。"开宗明义，态度鲜明，是鲁迅做事行文的一贯作风，赞成"大众语运动"，《门外文谈》也是出自他的手笔（有一段时间，鲁迅为了躲避政府的审查，只能变换各种笔名发表作品）。那么，何为"大众语运动"呢？这要从鲁迅所处的时代说起，当时的中国文坛，分为几个阵营，有专门刊登文言文的杂志，有提倡幽默、闲适、灵性小品文为主的期刊，有专门针对市民阶层的"鸳鸯蝴蝶派"出版物。在这种情形下，陈望道担任主编的《太白》应运而生，打出的旗号，就是"大众语"，许多作家都成为《太白》的作者，支持"大众语运动"。鲁迅的《门外文谈》就发表在《太白》上。在鲁迅的杂文中，这篇杂谈较长，共分十二个小标题，对中国的文字、语言和文学做了较详细的论述。萧红和萧军在读了鲁迅的这篇文章后，写信向鲁迅求教关于"大众语"的问题，对于一个年轻作者来说，也是创作方向问题。鲁迅在回复萧红和萧军的这封信里，共回答了九个问题，除第八个问题外，其他八个问题都和文学有关。在1934年12月6日致萧军、萧红的信里，谈到了《两地书》，鲁迅说："《两地书》其实并不像所谓'情书'。一者因为我们通信之初，实在并未有什么关于后来的预料的；二则年龄，境遇，都已倾向了沉静方面，所以决不会显出什么热烈。冷静，在两人之间，是有缺点的，但打闹，也有弊病，不过，倘能立刻互相谅解，那也不妨。"这段论述，可以看成是关于《两地书》写作的初衷——虽然是恋爱时的通信，也多是"倾向了沉静方面"，并不像年轻人那么"热烈"。在1934年12月26日致萧军、萧红信中，又谈到了《准风月谈》，鲁迅说：该书"尚未公开发卖，也不再公开，但他必要成为禁书"。鲁迅的杂文集《准风月谈》，从1934年年初开始编，并于1934年3月10日写了《前记》，到这年的10月16日写了《后记》，用了半年多时间，萧红和萧军关心这部书，可能早就知道这本书的曲折经过了。鲁迅在《后记》里写到了这本书的创作和编辑经过，云："这六十多篇杂文，是受了压迫之后，从去年六月起，另用各种笔名，障住了编辑先生和检查老爷的眼睛，陆续在《自由谈》上发表的。不久就又蒙一些很有'灵感'的'文学家'吹嘘，有无法隐瞒之势，虽然他们的根据嗅觉的判断，有时也并不和事实相符。但不善于改悔的人，究竟也躲闪不到哪里去，于是不及半年，就得着更厉害的压迫了，敷衍到十一月初，只好停笔，证明了我的笔墨，实在敌不过那些戴着假面，从指挥刀下挺身而出的英雄。"又说：在编书时，"将那时被人删削或不能发表的，也都添进去了……今年三月间，才想付印，做了一篇序，慢慢地排、校，不觉又过了半年，回想离停笔的时候，已是一年有余了，时光真是飞快，但我所怕的，倒是我的杂文还好象说着现在或甚而至于明年。"在1935年1月4日致萧军、萧红的信中，谈到自己的创作，鲁迅说："新年三天，译了六千字童话，想不用难字，话也比较的容易懂，不料竟比做古文还难，每天弄到半夜，睡了还做乱梦，那里还会记得妈妈，跑到北平去呢？"信中提到的"童话"，是鲁迅翻译的苏联作家台莱耶夫的中篇童话《表》，该篇作品发表在1935年3月出版的《译文》第二卷第一期上，同年7月，由生活书店出版单行本。鲁迅在这封信里，谈了他对于翻译的体会和追求，虽然不用难字，却比"做古文还难"，足见鲁迅对于翻译的认真。在1935年1月21日致萧军、萧红的信中，鲁迅继续谈自己的翻译，他说："前几天的病，也许是赶译童话的缘故，十天里译了四万多字，以现在的体力，好像不能支持了。但童话却已译成，这是流浪儿出身的Panterejev做的，很有趣，假如能够通过，就用在《译文》第二卷第壹号（三月出版）上，否则，我自己印行。"十天里译了四万多字，鲁迅的勤奋对年轻的萧红和萧军来说，不可能不产生触动。1935年3月13日致萧军、萧红的信上说："《死魂灵》很难译，我轻率的答应了下来，每天译不多，又非如期交卷不可，真好像做苦工，日子不好过，幸而明天可完了，只有二万字，却足足化了十二天。"《死魂灵》是鲁迅一部重要的翻译作品，关于这部作品的翻译，鲁迅在1935年2月18日致孟十还的信中提到过："我是要给这杂志译《死魂灵》。"这里所说的杂志，是指生活书店正在筹办的《世界文库》。后来，《死魂灵》的第一部，就分六次在《世界文库》上连载。关于翻译《死魂灵》的最初动机，是郑振铎提出来的，在1935年3月16日致黄源的信中，鲁迅说："先前，西谛要我译东西，没有细想，把《死魂灵》说定了，不料译起来却很难，化了十多天工夫，才把一二章译完，不过二万字，却弄得一身大汗，恐怕也还是出力不讨好。此后每月一章，非吃大半年苦不可，我看每一章一万余字，总得化十天工夫。"1935年4月23日致萧军、萧红的信中说："我的文章，也许是《二心集》中比较锋利，因为后来又有了新经验，不高兴做了。敌人不足惧，最令人寒心而且灰心的，是友军中的从背后来的暗箭，受伤之后，同一营

掬云偶拾·陈武随笔

垒中的快意的笑脸。因此，倘受了伤，就得躲入深林，自己舐干，扎好，给谁也不知道。我以为这境遇，是可怕的。我倒没有什么灰心，大抵休息一会，就仍然站起来，然而好像终竟也有影响，不但显于文章上，连自己也觉得近来还是'冷'的时候多了。"这段文字，鲁迅借《二心集》，来抒发自己的创作感想。

谈及萧红（萧军）的作品也有多次，在1934年12月20日在致萧军、萧红的信中，鲁迅说："小说稿我当看一看，看后再答复。吟太太的稿子，生活书店愿意出版，送给官僚检查去了，倘通过，就可发排。"信中的"小说稿"，指萧军的《八月的乡村》。"吟太太的稿子"，指萧红的代表作《生死场》。萧红和萧军，初到上海，就把自己的作品寄给鲁迅看，鲁迅欣赏两个年轻人的文采，也极力把两部书稿介绍给他相熟的杂志和出版机构。1935年1月21日信中，鲁迅说："两篇稿子早收到，写得很好，白字错字也很少，我今天开始出外走走，想绍介到《文学》去，还有一篇，就拿到良友公司去试试罢。"信中所说的"两篇稿子"，是萧军的小说《职业》和《樱花》，后经鲁迅推荐，分别发表在1935年第三期和第五期的《文学》

上，"还有一篇"，是萧军的小说《搭客》，发表在1935年第一卷第四期《新小说》上，改名为《货船》。在1935年1月29日致萧军、萧红的信中再次提到《生死场》，鲁迅说："吟太太的小说送检查处后，亦尚无回信，我看这是和原稿的不容易看相关的，因为用复写纸写，看起来较为费力，他们便搁下了。"也是在这封信中，鲁迅还略带机趣地说："我不想用鞭子去打吟太太，文章是打不出来的，从前的塾师，学生背不出书就打手心，但愈打愈背不出，我以为还是不要催促好。如果胖得象蝈蝈了，那就会有蝈蝈样的文章。"1935年2月9日致萧军、萧红的信中，鲁迅说："小说稿已看过了，都做得好的——不是客气话——充满着热情，和只玩些技巧的所谓'作家'的作品大两样。今天已将悄吟太太和那一篇寄给《太白》。余两篇让我想一想，择一个相宜的地方，文学社暂不能寄了，因为先前的两篇，我就寄给他们的，现在还没有回信。"信中"悄吟太太和那一篇"中的"和"，我怀疑是"的"字之误，不然不大读得通——这是指萧红的短篇小说《小六》。"余两篇"，可能是萧红的作品，也可能是萧军的作品，因为"先前的两篇"显然是指萧军的《职业》和

《樱花》。1935年3月1日致萧军、萧红的信中说："悄吟太太的一个短篇,我寄给《太白》去了,回信说就可以登出来。那篇《搭客》,其实比《职业》做得好(活泼而不单调),上月送到《东方杂志》,还是托熟人拿去的,不久却就给我一封官式的信,今附上,可以看看大书店的派势。现在是连金人的译文,都寄到良友公司的小说报去了,尚无回信。"这封信里,"悄吟太太的一个短篇"就是指萧红的小说《小六》。从字里行间还能看出来,鲁迅很看重的萧军的小说《搭客》,被退稿后,很是不爽,但也只能发发牢骚而已。在1935年10月12日致萧红的信中,说:"《生死场》的名目很好。那篇稿子,我并没有看完,因为复写纸写的,看起来不容易。但如要我做序,只要排印的末校寄给我看就好,我也许还可以顺便改正几个错字。"这是鲁迅单独写给萧红的信,第一次答应给《生死场》写序。1935年11月16日致萧军、萧红的信中,鲁迅说:"那序文上,有一句'叙事写景,胜于描写人物',也并不是好话,也可以理解作描写人物并不怎么好。因为做序文,也要顾及销路,所以只得说的弯曲一点。至于老王婆,我却不觉得怎么鬼气,这样的人物,南方的乡下也常有的。安特列夫的小说，还要写得怕人，我那《药》的末一段，就有些他的影响，比王婆鬼气。"这是鲁迅为写好的《生死场》的序文做的说明，实际上是在提醒萧红，在描写人物上，还须花些功夫。

对于其他作家的作品进行评述和介绍的，也有多处，这些介绍，在书信中出现，对初学写作者，可以起到潜移默化的影响。在1934年12月10日致萧军、萧红的信中，鲁迅说："童话两本，已托书店寄上，内附译文两本，大约你们两位也没有看过，顺便带上。《竖琴》上的序文，后来被检查官删掉了，这是初版，所以还有着。"在1935年1月29日致萧军、萧红的信中，鲁迅说："《滑稽故事》容易办，大约会有书店肯印。至于《前夜》，那是没法想的，《熔铁炉》中国并无译本，好像别国也无译本，我曾见良士果短篇的日译本，此人的文章似乎不大容易译。您的朋友要译，我想不如鼓励他译，一面却要老实告诉他能出版否很难豫定，不可用'空城计'。因为一个人遇了几回空城计后，就会灰心，或者从此怀疑朋友的。"《滑稽故事》是金人拟编译的苏联作家左琴科的短篇小说集，《前夜》是俄国作家屠格涅夫的长篇小说，《熔铁炉》的作者是苏联作家里亚希柯。

萧军还有个笔名叫刘军，萧红的笔名叫悄吟，1934年萧红和萧军从哈尔滨来到上海后，一直同居，鲁迅给他们写信，抬头多是"刘、吟"相称。早期的信上，鲁迅还有些顾虑，称他们为"两位先生"，但后边的祝语，是"俪安"。鲁迅第一次祝"俪安"的时候，还在信末半真半假地问："这两个字抗议不抗议？"可能是得到萧军、萧红的默许吧，以后就都是"俪安"了。在对萧红的称呼中，随着交往的逐渐深入，也经历过变化，由"先生"到"悄吟太太"。

鲁迅在给萧军、萧红的信中，在谈论创作的时候，无论是涉及自己的作品，还是萧红和萧军的作品，或是别人的作品，都是直言不讳，观点鲜明，决不和稀泥。另外，鲁迅还常常在信中，谈论自己的生活环境和日常感受，这些话，看是家常，没有展开来讨论文学创作的一些方法和规律，但正是这种看似简单的闲谈，对初学写作的萧红和萧军来说，是深受启发的。也正是在通信的这段时间里，他们二人的创作才取得长足的进步，作品才得以在报刊上发表并出版了单行本。可以说，没有鲁迅，萧红的《生死场》《小六》《三个无聊人》等作品，就不可能那么顺利地发表和出版。同样的，萧军的《八月的乡村》等作品也不可能顺利地发表和出版。也正是在鲁迅的帮助下，萧红和萧军的名声才逐渐显现出来，成为文坛上两颗瞩目的新星。

下　编

《浪迹烟波录》

我是在1992年才读到钱歌川的文章的。虽然中国友谊出版公司和湖南人民出版社自1983年以来已出版了他的四部散文集，辽宁大学出版社在1988年还出版他300多万言的皇皇巨帙《钱歌川文集》四大卷，但笔者不仅孤陋，也实在寡闻，多年来只知其人而不读其文。幸而那一年的百花文艺出版社出版了《钱歌川散文选集》，才能令我如此切近地读到这位"博古通今，学贯中西，有着扎实而绵长的创作生命力的文学前辈"的作品，知道他一生奉行"三书主义"："教书、读书和著书"。

《浪迹烟波录》是钱歌川旅居美国纽约时的部分作品的结集，他在后记中说，是"近两年来所写的五十多篇短文中选摘出来的。主要是为名胜记游，其次是一些随笔杂感"。对书名，作者解释："近十年来，我在海上的纽约流浪，时有烟波江上任飘流的感觉，所以此书题作《浪迹烟波录》。"书名由来如此，作者的心境也可想而知。披览全书，一种游子寄人篱下的凄凉和沧桑，一种眷念祖国的拳拳深情，跃然纸上。

钱歌川的文字，"清淡苦涩，少有滂沱激情，需要细细咀嚼、慢慢品味"，才能读出个中三昧。《浪迹烟波录》中的文章不改他几十年的行文习惯，依然朴实典雅，娓娓而谈，深含理趣，如《谈竹》一篇，借竹子来怀人述古，虽没有议论和抒情，文中却始终萦绕着一种淡淡的情、苦涩的味。《故园东望路漫漫》《双重篱下》更是一咏三叹，感时光不再，恋祖国家园。

《浪迹烟波录》还有一个副题，曰"钱歌川杂文集"，集中所收文章确实很"杂"，有关于西安、桂林的几篇游记，有关于外国作家如萨洛扬、萨特、亚历山大的述评，有关于西方文人的逸事掌故，有对故人往事的回忆，有对国外山水的寄情等，书前《编者的话》可谓一语中的：

作者涉猎广泛，知识渊博，苦心孤诣，治学严谨，仅从这些名胜记游、随笔杂感中，我们可以看到，随便的一事一物，或者一地一室，作者道来，便如一位忘年之交的知己，面对我们促膝谈心；在旁征博引、侃侃而谈中，不觉间便让我们自感得有如亲睹其事，身临其境，然而却又获得了睹其事、临其境也不可得知的丰富知识。

《浪迹烟波录》出版于1983年9月，出版者为中国友谊出版公司，大32开压塑简装，133千字，首印10500本。我手中这本淡绿色封面、散发着博雅书香的小书，是从旧书摊淘来的，扉页上盖有"锦屏化工厂馆藏图书"的字样。推想工厂倒闭，图书散佚，和旧时私家藏书一样，景象也必定凄凉吧，好在已经沦为"旧书"的《浪迹烟波录》又找到了新"家"，"旧书"新用，也是书之一大幸事。

2001年11月15日

李健吾文章里的汪曾祺及其他

1982年5月第3期《新文学史料》里，有一篇李健吾的文章，《关于〈文艺复兴〉》。文章回忆了当年在人手、经费、发行等都十分困难的情况下，把《文艺复兴》办成了在上海乃至全国有影响力的大型文学刊物的艰辛历程，提供了一些重要史料，并且提到了在杂志上发表过作品的很多作者，其中就有汪曾祺。

郑振铎和李健吾受上海出版公司邀请去编《文艺复兴》，当然要网罗当时上海乃至全国各地的有名作家了，其中就有茅盾、巴金、叶圣陶、沈从文、朱自清等。汪曾祺那时刚从昆明转道香港到上海不久，稿子有可能是沈从文介绍去的。郑振铎看到汪曾祺的稿子，感慨很多，说："汪曾祺的小说《复仇》，和他已在本刊登出的小说《小学校的钟声》，都是易稿若干次，而藏之数年，不曾发表出的；稿纸上已经有蠹书鱼的钻研之虐了。像用大斧在劈着斑驳陆离的大山岩似的，令人提心吊胆，怕受了伤。"

据李健吾在《关于〈文艺复兴〉》的文章里说，该刊"无所谓编辑部"。郑振铎的"庙弄就是编辑部，我的家就是编辑部，还有就是上海出版公司的小小办公室"。说白了，主编和编辑就是郑、李两个人。李健吾继续说："创作大多由我负责，他负责大多是中国文学理论和文学史一类的文章。不过也不一定，有时稿子寄到他家，有时寄到我家，有时寄到出版公司，便由一个年轻人叫阿湛的，送给我们看。快付印了，我总拿起每期的稿子到庙弄给他过目一遍。'编后''编余'，也分别由两个人写。"

我查了一下"编后""编余"，郑振铎写了几篇，李健吾共写了五篇，这些"编后""编余"里，先是展示了《文艺复兴》作家群的大名单，集中提到四十多位作家，除前边提到的几位外，还有钱锺书、李广田、臧克家、季羡林、师陀、沙汀、刘北祀、景宋、周而复、靳以、路翎、杨绛、曹禺、李林、冯夷等，就连林焕平、丰村、杨刚、刘火子、田涛这些名不见经传的作者都点出来了，却"遗漏"了汪曾祺，也没有提到汪曾祺发表的小说《小学校的钟声》《复仇》。而在李健吾写"编后"的第1卷第2期2月号上，正有汪曾祺的一篇小说《小学校的钟声》。其实这不是作者的故意遗漏，也不是他没想起来，而是要重点来说说汪曾祺的。正是在这篇文章里，作者三次写到了汪曾祺。

第一次提到汪曾祺，是在指出当时由郑振铎和他提携的大量青年作者后，对他们的现状做了一番抒情，拿汪曾祺做了比较。李健吾是这样说的：不知他们"是死了？是改行了？还是根本在文学上销声匿迹了？真是大江东去也，日月如箭，光阴似流，令人无从说起。只有汪曾祺，当时在致远中学教书，开始在《文艺复兴》上发表小说，如今还活得好好的，继续写小说，还由于写小说而得奖"。这段话的前半部分，是对消逝的作家感到惋惜，后半部分是对汪曾祺的赞赏——不仅活着，还能继续写小说。读来又不像是完全夸奖。但是，经历过诸多风雨的李健吾先生，这样说，是带有深深的个人情感的。试想，有多少早期成名的作家，因为种种原因，要么被剥夺了写作的权利，要么左顾右盼，再也写不出艺术水准较高的作品了。"只有汪曾祺"，一个"只有"里，包含了太多复杂的感怀。接着就提到了给杂志做编务的也写小说的阿湛。对于多年没有消息的阿湛，"我写信问柯灵，阿湛现在干什么。柯灵回信说没有音信，听说已经去世了"。李健吾这时候又第二次点名了汪曾祺，"想想汪曾祺，再想想阿湛，一样从《文艺复兴》迈步，两样结局，假如你能读到《文艺复兴》，能不为这位奋发有为的落魄的小说家叫屈？想到这里，我不禁为之惘然者久之"。李健吾是借新时期重新焕发创作青春的汪曾祺，来怀念类似于阿湛这样有才华的作家的。第三次提到汪曾祺还是因为阿湛，在感叹了阿湛的不幸后，深情地说："谁能断言他今天不会成为另一个汪曾祺呢？"

李健吾在不长的文章里，三次提到汪曾祺，一来是汪曾祺作为跨越两个时期的著名作家，得到了李健吾的赞赏，同时也引发了他对许多当时有才华的青年作家没有尽其才华的同情和遗憾。

汪曾祺是1946年夏天到达上海的，他发在《文艺复兴》上的稿子是他的老师沈从文推荐的。汪曾祺到了上海后，很快就结识了黄裳和黄永玉。认识黄裳是在巴金家里，巴金的夫人萧珊是汪曾祺在西南联大的同学。认识黄永玉则和沈从文有关，沈从文是黄永玉的表叔。黄永玉在和李辉的对话中说："我认识他时，他在致远中学当老师，是李健吾介绍去的。表叔来信让我去看他，就这样认识了。每到周末，我进城就住到他的宿舍。与他住在一起的是在《大美晚报》工作的人，总是上夜班，这样我就可以睡他的床。那是一张铁条床，铁条已经弯了，人窝在那里。记得他在写给表叔的信里说过，'永玉睡在床上就像一个婴儿'。"从这段对话里，我们还知道，是李健吾帮助汪曾祺找一份教书的工作的。

　　顺带说说，阿湛在文学史上早已经被人遗忘了。但是，中国作家网在2018年1月转载了《文汇报》上的一篇文章《点滴忆阿湛》，作者是张香还先生。文中说："对于这一位原名王湛贤的阿湛，我是在偶然中认识的。那是抗战胜利后第一个春天。我到八仙桥青年会对面的上海出版公司拜见柯灵先生。在这个地处闹市临马路的小小编辑室，暗弱的光线中，柯灵先生和唐弢先生写字桌的一边，坐着一个埋头于笔墨的、脸庞白皙的瘦瘦的年轻人。看上去他才不过22岁光景。柯灵先生为我们作了介绍，这就是阿湛。原来，他是柯灵先生的外甥。"张香还先生还介绍了阿湛的创作成就："短篇小说集《栖凫村》，就是这时一部分作品的集子，作为开明书店'开明文学新刊'出版的。接着，又出版了《晚钟》和《远近》，分别由上海潮锋出版社和巴金主持的文化生活出版社出版。在短短的二三年中，他创作的短篇小说如此之多，如此丰满，这在当时确是异常少见的，证明了他具有极其旺盛的创作力量。从另一方面来说，也证明了他对生活是多么热爱，对生活在下层一群是多么同情，工作又是多么勤奋。"又说，不久之后，他就离开了上海。在戎马生活间，只是听说阿湛在解放后仍认真做着报纸工作，在《新民报》做过文艺记者，还主编过《儿童文学》周刊。后来到了青海。再以后，就什么消息也听不到了。张香还先生还披露了阿湛在1946年8月5日写给他的一封信，信中"反映出了当时生活的一点真实，不也多少显露了阿湛追求光明的一颗心"。

《清诗鉴赏》

人们统称历朝历代文学成就时，习惯上以"唐诗宋词元曲明清话本"来概括。对于清诗，除了专家学者作为课题研究外，较少有人注意。这本《清诗鉴赏》，也是作为教材，由浙江大学出版社印行的。著者朱则杰毕业于北京大学，师从吴小如等名教授。朱则杰毕业后，到浙江大学任教，"短短的三年中为全校理工科及其他非中文专业的同学开设过三个学期共五个班的'清诗鉴赏'（有时也扩展为'清代诗词鉴赏'）选修课"。该书就是他讲稿的结集。

《清诗鉴赏》共收文三十篇，附录三篇，分别讲析了清代诗人陈子龙、钱谦益、吴伟业、钱澄之、顾炎武、袁枚、龚自珍等近三十位诗人的三十三篇诗作。

从《清诗鉴赏》一书所赏析的诗歌看，朱则杰在清朝诗人及其诗歌的选择上是极其讲究的，他的文章，不是逐字逐句地讲解，而是严格地从赏析出发，从一个作者一首诗中，考察清诗流派沿革和其作品的时代大背景，甚至对其诗产生的时代小背景也作了精细入微的概述，对每一个诗人的艺术风格、个性特点详加解析，并将诗人的相关诗句也放在一起加以比较。如朱彝尊《水口》一诗，朱则杰在介绍诗人生平时，对于索隐派的红学家如蔡元培等人，对《红楼梦》里的林黛玉就是朱彝尊，也做了客观说明，后来才介绍他如何从参加抗清复明运动到做了清朝的官，如何从一个清朝的官僚成了清代著名学者和大文学家这样一个经过；接下来才是对《水口》一诗的讲析；最后，作者还用超过一半的篇幅，引用大量的资料如《姜斋诗话》、同时代诗人查慎行等人的诗句，从侧面对《水口》一诗加以辨析，让读者从中增加趣闻掌故和相关知识，更充分理解了该诗知人论世的重要意义。

朱则杰认为，"清代诗歌处在唐宋两座诗歌史上的高峰之后，却仍然取得了重大的成就，显示出了自己鲜明的特色，从而超越元明，上薄唐宋，成为中国诗歌史上的第三座高峰"。作者有了这样的认识，才肯下苦功研究清诗。他的老师吴小如在读了《清诗鉴赏》后，大为惊讶，认为"则杰此编，所评析的诗篇虽然不多，却是一家之言，胜义新解，往往可见，真可以说是难能可贵了"。并且，吴小如对清诗还有了新的认识，"盖自其继承汉魏或唐宋的传统方面而言之，则诸家各立门户，各有倚傍；而自其艺术成就与作品特色方面而言之，则又人人别出心裁，力争蹊径独辟。或标神韵，或抒性灵，或昌言格调，或详求肌理；或自粗狂转而豪迈，或自细琐进而婉约；或旨在立异标奇，陆离光怪；而最终却难超越一些平易冲淡、静穆高远的近似平凡之作"。吴小如是北大名教授，著作等身，舍下就有其《书廊信步》《当代学者自选文库吴小如卷》等，他的高论，对我们阅读《清诗鉴赏》是很好的指南。

有意义的是，我得手的这册《清诗鉴赏》，还是作者朱则杰的签名本，该书扉页上题有"素云兄指正"的墨水钢笔字，并钤朱文印章一方，赠书时间是一九九五年二月，签名旁还有周素云同学两行题字，从题字内容得知，他是九三级经济系国经专业学生。大约周素云同学选修了朱则杰的"清诗鉴赏"课，书页上有他不少的眉批，还夹有一页纸，是他的"作业之二"——"谈谈清初诗歌的特点"，周同学得老师神韵，作业也有条有理。

《清诗鉴赏》出版者为浙江大学出版社，1991年8月第1版，144千字，印4000册，封面题字是作者"同里前辈""中国艺术研究院《红楼梦》研究所研究员"林冠夫，封面设计金水棠。该书装帧淡雅，一丛素竹，两方印章，似乎和清诗大为吻合。

2001年12月1日深夜

琐谈文学翻译

　　著名小说家莫言先生在一次演讲时，毫不掩饰马尔克斯对他创作的影响，也毫不掩饰他对《百年孤独》的喜欢。很早以前，他还说过，当他铺开稿纸准备写作的时候，老福克纳就像一个巨大的火炉烘烤着他。与此有类似表述的还有多位当代作家，余华也在文章中回忆过川端康成和卡夫卡对他早期写作的影响。苏童读大学时就对一本《当代美国短篇小说选》非常推崇，还提到书中的一篇小说《伤心咖啡馆之歌》给他带来的惊喜，熟悉"香椿树街"系列的朋友或许会从这篇小说里发现苏童创作的"源头"。大约早在二十世纪八十年代末九十年代初，一些批评家就指出欧美文学对中国先锋作家和新潮作家的普遍启蒙，并撰写多篇"对号入座式"的文章，被提到的这些外国作家有卡夫卡、博尔赫斯、福克纳、普鲁斯特、乔伊斯、纳博科夫、卡尔维诺、罗伯特·格里耶等响当当的名字。那时候，连我们这些作家也连带地患有"影响焦虑症"，似乎谁不被影响谁就不够先锋，就不够新潮，就不能在当代文学中占有一席之地。但，我这样的表述，似乎还是没有逃脱"比较文学"的范畴，还没有进入"翻译"的问题。

在这里，我不得不说，这篇关于翻译的"琐谈"不太好谈。一是题目太大，无从下笔；二是我不懂任何一门外语，只能在阅读大量的外国文学中，感受"翻译问题"。记得很早以前，萧乾先生翻译的《尤里西斯》出版不久，有一篇文章就批评冯亦代先生，说他没有读过原文就赞美《尤里西斯》译得如何如何的好，似乎不够严肃。文章中有些观点我是赞成的，有些观点我也不太赞成（比如没读过原文，当然可以评论译文的好或不好了，这基于我们对文学的基本感受和理解，不好的译文是逃脱不过优秀读者的眼光的）。

既然是"琐谈"，我只能谈谈我个人的阅读感受。老实说，我对于译文一直不太放心，往往是一边阅读，一边去想着译文的语感、句式、节奏、韵味，有时候还会给译文重新断句，或根据上下文意思，添减一两个词汇。因为我相信，每一个有独特个性的外国作家，特别是公认的文学大师，都必定有自己的语言体系。就像余华、莫言、苏童、马原、韩东、朱文、残雪、王小波、贾平凹、汪曾祺等人的文学语言，其独特的个性符号都是相当鲜明的，可以说，都形成了自己的语言体系，形成了自己的叙事风格。那么，我们的翻译家，如何把风格各异的外国文学作品活灵活现地呈现给读者呢？我有时会天真地想，一个好的翻译家，只能译好一个作家的作品，比如一个成功翻译了《傲慢与偏见》的译者，很可能译不好《麦田里的守望者》，一个能翻译好莎士比亚的作品的译者，未见得能把卡佛的作品译好。我相信译者必须也要有自己擅长的语言风格，而这种风格一旦被"固化"，是很难有突破的。同理，翻译家的语言风格是不太可能随着原著的变化而变化的（即便努力变化了，那译出的作品也难以准确达到原著的风貌）。现成的例子就是，周克希把《追忆似水年华》（译林出版社出版的多人译本），译成《追寻逝去的时光》，仅从书名上看，不分伯仲，但我不赞成把一部七卷本的巨制，分由十五个人来翻译。普鲁斯特的文字、语言和叙事风格肯定是一以贯之的，十五个译者如何统一？周克希先生是当年这十五个翻译者之一，他翻译福楼拜的小说非常成功，几乎成了范本。他想独立重译这部巨制，一定有他非常充分的理由。但就像周克希这样有鲜明个性风格的翻译家，也没有能力把《追寻逝去的时光》译完，只译出了第一卷《在斯万家那边》、第二卷《在少女们身旁》和第五卷《女囚》，共110万字，他给出翻译不下去的理由是，太难了（句子太难，语言风格太难）。我个人的理解，所谓太难，是没有真正走进普鲁斯特的内心世界，没有切身体会普鲁斯特的语言世界。据周克希个人接受采访时说，在他弄不懂一个段落和一个句式时，试图找来英译本参考一下，可惜最好的英译本也把这一段跳过去了——知难而退。还有就是2014年诺贝尔文学奖的获得者莫迪亚诺。很多年前，我读过译林出版社的一本《暗铺街》，被译者精美的语言所感动，后来又有人译成《暗店街》，一字之差，哪个更好些呢？仅从书名上是看不出来的，但也说明译者对法语的理解存在差异。想一想，一个书名都有差异，何况整本书呢？《暗铺街》的开头是这样说的："我什么也不是，这天晚上，我只是咖啡店露天座上的一个淡淡的身影。我等着雨停下来，这场大雨是于特离开我时开始下的。"《暗店街》的开头是这样的："那天晚上，在一家咖啡馆的露天座位上，我只不过是一个模糊的影子而已。当时，我正在等着雨停，——那场雨很大，它从我同于特分手的那个时候起，就倾泻下来了。"从我个人的阅读习惯上，我更喜欢前者那样的译法，更简洁明快，而后者的语感有些拖泥带水，但两种译文都有不尽如人意的地方。所以当我又陆续购买了莫迪亚诺的《缓刑》《地平线》和《青春咖啡馆》三本书之后，发现三本书是三个不同的译者。在阅读这三本小书时，我有意注意了三个译者的文风。当然，阅读的感受也是大相径庭的。

与此类似的阅读经验还有《洛丽塔》。关于这本书，现在通行的译本是2000年译林出版社出版的于晓丹的译本，但我第一次阅读，却是内蒙古文化出版社1994年出版的译本，译者刘励志。如果仅从个人的喜好上来讲，我更喜欢刘励志的译本（当然，也都有不尽如人意的地方）。为了方便朋友们赏析和比较，我摘录两个译本的开头两段：

　　罗丽塔，照亮我生命的光，点燃我情欲的

火。我的罪恶，我的灵魂。罗—丽—塔：舌尖顶到上腭做一次三段旅行。罗。丽。塔。

早晨叫她罗。就简单一个字。当她只穿一只袜子出现在我面前的时候。穿便服时，我叫她罗拉。学校里，人们叫她朵莉，表格的虚线上填的是朵莉雷斯。可是在我的怀抱里，她永远叫罗丽塔。

——《罗丽塔》刘励志译，内蒙古文化出版社1994年12月第一版

洛丽塔，我生命之光，我欲念之火。我的罪恶，我的灵魂。洛—丽—塔：舌尖向上，分三步，从上腭往下轻轻落在牙齿上。洛。丽。塔。

在早晨，她就是洛。普普通通的洛，只穿一只袜子，身高四尺十英寸。穿宽松裤时，她是洛拉。在学校里她是多丽。正式签名时她是多洛雷斯。可在我的怀里，她永远叫洛丽塔。

——《洛丽塔》于晓丹译，译林出版社2000年3月第一版

仅凭我个人的阅读经验，可能说明不了什么问题，对译文的质量人们可以用"仁者见仁，智者见智"来一笔带过。所以，这些年来，翻译仍然是一笔糊涂账，尤其是评论界，几乎没有人愿意对译文进行分析、研究和批评。而那些公认的权威的译本，其语言、语感、句式、意韵等都值得商榷。能不能把不同的译本，加以比较，然后合二为一呢？比如《洛丽塔》的两段译文，都分别存在一些问题。可不可以经过整合，变成第三种译本呢？我试着整合如下：

　　洛丽塔，照亮我生命的光，点燃我情欲的火。我的罪恶，我的灵魂。洛—丽—塔：舌尖向上，顶到上腭，做一次三段旅行。洛。丽。塔。

　　早晨叫她洛。就简单一个字。当她只穿一只袜子时，还是个稚气未脱的少女。穿便装时，我叫她洛拉。学校里，人们叫她朵莉，表格上的正式签名是朵莉雷斯。可是在我的怀抱里，她永远叫洛丽塔。

当然，这样"比较翻译"的尝试也会存在许多问题，比如版权，比如署名，弄不好还会成为大杂烩，两边不讨好。但话又说回来，外国文学名著都有自己的风格和语言特点，因为译者的气质和修养不同（很难和原著者对应），或汉语言文学的功力不足，译文达不到原著的水准，译文自然也就"不三不四"了。

不久前，和朋友去拜访著名翻译家江枫先生，他谈到弗罗斯特的诗歌翻译问题，也谈到了翻译弗罗斯特诗歌的曹明伦先生。江枫对曹明伦的翻译有着不同的看法。为了比较阅读，我找出了二人翻译的同一首诗《未走之路》（江枫翻译的是《一条没有走的路》），抄录译诗的第一节，比较如下：

未走之路（曹明伦译）

金色的树林中有两条岔路，
可惜我不能沿着两条路行走；
我久久地站在那分岔的地方，
极目眺望其中一条路的尽头，
直到它转弯，消失在树林深处。

一条没有走的路（江枫译）

金黄色林中有两条路各奔一方，

可惜，我是一个人独自旅行

不能两条都走，我站在岔道上

向其中一条，长时间凝神眺望

直到它弯进灌木丛失去踪影。

第一节的原文我也找到了：

Two roads diverged in a yellow wood,

And sorry I could not travel both

And be one traveler, long I stood

And looked down one as far as I could

To where it bent in the undergrowth

　　对于诗歌我更是外行，不敢对江译和曹译做更多的评论，立此存照，供对译诗有爱好的读者和诗人们欣赏。但在刚刚收到的《星星》诗刊上，看到了希梅内斯的诗选，我又生发了感想。在收录的十五首诗中，共有六位翻译者。我反复阅读这十五首诗，感觉基本风格虽然大体一致，但由于出自不同的译者，细微的差别还是有的，特别是在用词和转韵中。仅从六人翻译的十五首诗中，我不知道哪一位译者的气质、修养和语言风格更贴近或接近希梅内斯，或者至少是内心更喜欢希梅内斯。如果这十五首诗出自其一人之手，我倒是更欣赏的。

说了这么多，自然会想起这些年来，关于提高外国文学翻译质量的议论。感觉是，议论尽可以议论，有些翻译的水平依然差强人意，未见有提高的迹象。"不放心"的阅读依然是许多外国文学爱好者普遍担心的问题。翻看近些年大量新出版的外国文学，有个别译文的语言依然比较粗糙，经不起琢磨和推敲，更读不出外国评论界对其评价的氛围和意境。一些经典作品的重译或新译，更有明显的误译和错译的地方。我有时会极端地想，如果译者不是小说家，他不会译得好小说的。如果译者不是诗人，他更译不好诗。即便译者是小说家、诗人，最好是译他欣赏或风格相近、趣味相投的外国作家的作品。

2015年6月22日于北京草房河边小筑

《阳台山大觉寺》里的朱自清

　　1931年4月10日，朱自清和俞平伯相约同游阳台山大觉寺。此时，从清华大学到阳台山的路还是土路、山路，曲曲弯弯二三十里。山上的自然风景极佳，林木茂盛，怪石嶙峋，间或生长着许多稀有的树种。在古树名木的掩映下，是大大小小的祠宇、庙观。每年清明一过，山上的杏花、桃花、梨花次第开放，浅红、深红、粉白，远近高低，一层一层，特别入眼，而大觉寺里的那株百年玉兰树也花开如白云般玉洁。朱自清和俞平伯都是爱旅游的人，工作、教学、写作之余，总是要抽时间出去放松放松。就说4月10日进山之前吧，俞平伯于4月4日下午，偕夫人去游玩了玉泉山，天黑才回来；4月7日上午，又和陈寅恪一起，同游了万寿山；4月8日，和夫人又游玩了翠微山，还去了八大处踏青；4月9日，又和夫人一起游玩了沙河、汤山公园等地方，同游的还有陈寅恪等人。连续的游玩显然勾起了俞平伯的游兴，他在4月8日的日记中写道："近日屡出游，不能收心，今日天气晴美，又动游兴，下午雇汽车同环游翠微。""环"，即夫人。就是在这样的游兴中，他又邀请了好友朱自清同游阳台山，并相约10日一早，在燕京大学会合。

朱自清能够欣然应约，除了和俞平伯是知交好友外，自己喜欢旅游也是一大原因。而且，他此时心情大好，正和陈竹隐女士热恋中，去郊外远行，赏花听泉看风景，也是好心情的一种延续。朱自清住在清华大学，他比俞平伯早到了约定地点，即燕京大学校友门。朱自清看来是做了充足的准备的，他已经花一块二毛钱雇了头小毛驴在此静候了，还带了不少吃的。据俞平伯游记散文《阳台山大觉寺》一文中说，朱自清带有"粉红彩画水持一，牛肉面包一包"。牛肉面包我们都懂，"粉红彩画水持"是什么呢？联系后文，"水持"应该是一种装水的容器，容器上绘有粉红彩画，事实上就是一个水壶。二位好友见面后，朱自清也劝俞平伯雇一头小毛驴，可能觉得骑驴才像一个旅人的样子吧。古代文人，骑驴旅行是家常便饭，人力车似乎总沾有一点洋气。俞平伯没有听劝，不但雇了一辆人力车，而且车夫还是两个人，因为拉车上山是很费力气的。车价也比小毛驴贵了不少，二元五角。俞平伯说"舍驴而车有四说焉"，即："驴之为物虽经尝试而不欲屡试，一也；携来饮食无车则安置不便，二也；驴背上诚有诗思，却不便记载，三也；明知车价昂，无如之何耳。"朱俞二人略作寒暄后，朱自清骑小毛驴，俞平伯坐人力车，开始向阳台山进发了。

俞平伯在游记《阳台山大觉寺》中，描写如此详细，显然是事先做了功课的，几时出发，行到何处，看见什么景点，都精确到几时几分，如此才让我们在多年以后，还能如临其境地感受到朱自清骑着小毛驴和他一起出行的风采。比如七时五十五分，过颐和园时，见到"浅漪一片，白鸭数只"。八时四分过安河桥后，"转入大道，亦土道也，特平坦，不复香灰耳。夹道稚柳青青，行行去去，渐见西山，童秃为主，望红石山口（俗呼红山口），以乘车不得过，循百望山行"。可见这条土路上，尘土曾经像"香灰"一样，人畜经过，会腾起烟尘的。好在"稚柳青青，行行去去"，于灰土头脸的景色中，显现出些许生机。而过红石山口时，他的人力车就不如朱自清的小毛驴方便了，必须下车，陪着车夫行走。而朱自清则骑在毛驴背上，驴蹄"的哒"有声，颇为悠闲自在。更有意思的是，八时三十分过"西北望"时，必须"停车上捐，铜子十枚，驴则无捐"。哈，朱自清又省了一小笔。上山时，骑驴还是比人力车更方便些，人力车有两个车夫，不知是轮着拉的，还是一起合力。驴夫只有一人，只需牵驴加鞭。一路上，看到沿途的风景，朱、俞二人也是相聊甚欢，这里指指，那里望望，不时点评或赞叹一番，如有不懂之处就问三位随行，基本都能得到满意的答复。但也有他们不懂之处，比如到九时六分时，他们从一村庄穿过后，"此十里间，群山回合，其中原野浩莽，气象阔大"，俞平伯取出携带的《妙峰山琐记》，一查，知道是"蜘蛛山顶"，问"跌死猫盘道如何如何"，"驴夫之言莫能详也"。车夫大约也是不知道的。不过，"跌死猫盘道"这名字只从字面上看，也略知山路是险峻的。九时十四分，到达龙王祠。车和驴都由车夫看管，朱、俞二人便去祠中游览。龙王祠的大殿在很高的石阶顶端，朱自清来过龙王祠，印象大约不怎么样，他告诉俞平伯，没有什么好看的，白费力气，于是便去看了黑龙潭。黑龙潭的景色如何呢？俞平伯是这么描写的："潭以圆廊绕之，循廊而行，从窗牖间遥看平畴，近瞩流水，即潭之一胜也。下临潭，不广而清，如绿琉璃，底有砾石。窄处为源，泡沫不盛。"朱、俞二人在潭边坐下，拿出所带的食物，边吃边欣赏，朱自清看着潭水，评论说，此绿绿得老，不如仙潭嫩绿。形状也如……说不出。俞平伯同意他的观点，因为黑龙潭非方非圆，也不是三角形。补充了能量之后，继续向目的地进发，九时五十分过白家潭，十时二分过温泉疗养院，很快就到了周家巷。朱、俞二人居高远眺，隐约能看到北安河。再看半山腰上，"群山一桁，山腰均点缀以杏花"，朱自清欣赏之余，略有遗憾地说，杏花好，可惜背景差了点。十时四十六分，他们到达了目的地大觉寺。在大觉寺游览了一会儿，朱自清还去塔后的蓄泉池看了看，池后有一小楼，不高，朱自清登楼而望，返回告诉俞平伯，平常。和所有野外游览者一样，口渴了，补水，饿了，补食，到了目的地，必定要大吃一番。俞平伯带了酱肉、肉松、鸭卵等好吃的。朱自清也带了英国进口的罐头。可是，罐头密封太好，没有专用的工具，很难打开。恰巧有一小童经过，看朱自清很费力气，而且肉汁都流出来了，还是无济于事，便自告奋勇，拿到香积厨，帮忙打开了。朱自清便还给了他铜子二十枚、面包两片，算是酬劳。二人吃了罐头、肉松、牛肉、面包，又吃了甜梨。吃饱喝足后，登上了领要亭，欣赏寺内风景。小童看这二位都是大好人，一直尾随着。朱自清又给了他十枚赏钱，请小童领着看了殿里殿外。这次算是把大觉寺都看了。十二时十分，游览告一段落，便登车上驴，返程。

上山容易下山难，盖因为，上山时，精神十足，下山时，已经疲惫不堪了。人是如此，驴亦是。朱自清的"坐骑"已经走了几十里路，下山时，不再像来时"的哒"有声，一路小跑，而是"雅步时多"，几乎作散步状。驴夫告诉朱自清，连日来，小毛驴多次驮游客到香山卧佛寺等处赏花游玩，已经劳累不堪了。而俞平伯的人力车，此时是下坡，走起来相对容易，因而常常要停在路边，等等朱自清的小毛驴。十二时四十五分，俞平伯到了温泉疗养院，又过五分钟，朱自清才到。按照事先的计划，他们便在此处痛快地泡了个温泉澡。文中云："此地有垂杨流水，清旷明秀，食浴均可。坐廊下饮西山汽水二，即入浴。人得一室，导汤入池，池形似盆，而较深广。平常浴水入后渐凉，猛加热汤又增刺激，此则温冷恰可，久而弥隽，故佳品也。至内含硫质有益卫生否，事近专门，予不知云。可惜者，池两端各一孔，一入一出，虽终日长流，而究不能彻底换水。"浴罢出来，已经是下午一时三十五分了，上车的上车，骑驴的骑驴，一行人继续下山。路过一村庄时，朱自清的小毛驴越发地缓慢了。不知是小毛驴腿一软，还是别的什么原因，朱自清从驴背上掉了下来。还好还好，没有造成事故，不过逗了大家一乐而已，为这次旅行平添了一点笑料。俞平伯也笑道，幸无伤。二人同行近"西北望"时，俞平伯和朱自清相约在清华会合。人力车先跑了起来，眨眼不见踪迹。山道上，只有朱自清骑着小毛驴，在驴夫的陪伴下，慢慢而行了。好在朱自清并没有坚持骑驴到底，到了万寿山时，便"易骑而车"了。下午四时许，和俞平伯在清华南院会合，二人又"小息饮茗"，于五时半，朱自清和俞平伯分手，一天的游览到此结束。

朱自清和俞平伯多次结伴同游，在上海，在杭州，在白马湖，在南京。特别是南京秦淮河的那次同游，更是成就了现代文学史上的一段佳话。二人相约所作的《桨声灯影里的秦淮河》同时成为名篇。这次同游大觉寺，一路谈说，赏花看景，还泡了温泉浴。以朱自清的文学才华，写一篇文章应该信手拈来，不在话下。难道不是吗？俞平伯第二天就写成了一篇《阳台山大觉寺》，虽然是"流水账"的写法，却也处处显露出文采。朱自清没有作成一篇游记，可能也和他与陈竹隐女士处在热恋期有关。从《朱自清全集》"书信卷"看，仅在他游览的前后十数天里，就和陈竹隐频繁通信，从信的内容看，都是述说别后情形并约下次见面时间的。见面要耽误时间，写信再耽误时间，留给写作的时间就不多了。另外，这一时期的创作不够勤奋，和他的写作观的改变，也有关系。同样是在1931年3月间，朱自清写了一篇《论无话可说》，"十年前我写过诗；后来不写了，写散文；入中年以后，散文也不大写得出了——现在是，比散文还要'散'的无话可说"。为什么无话可说呢？朱自清阐述道："许多人苦于有话说不出，另有许多人苦于有话无处说；他们的苦还在话中，我这无话可说的苦却在话外。觉得自己是一张枯叶，一张烂纸，在这个大时代里。……但是为什么还会写出诗文呢？——虽然都是些废话。这是时代为之！十年前正是五四运动时期，大伙儿蓬蓬勃勃的朝气，紧逼着我这个年轻的学生；于是乎，跟着人家的脚印，也说说什么自然，什么人生。但这只是些范畴而已。我是个懒人，平心而论，又不曾遭过怎样了不得的逆境；既不深思力索，又未亲自体验，范畴终于只是范畴，此处也只是廉价的，新瓶里装旧酒的感伤。当时芝麻黄豆大的事，都不惜郑重地写出来，现在看看，苦笑而已。"从朱自清的话里，我们大致能理解他"无话可说"的缘由了。由于心情使然和写作观念的犹豫不决，使他没有像俞平伯这样很快就写出一篇文章来。而就在俞平伯写作的当天，朱自清还到俞家去看望了俞平伯，少不了会说到这次充满趣味的旅行。

也幸亏有了俞平伯的这篇《阳台山大觉寺》的文章，让我们知道朱自清这次饶有趣味的骑驴旅行。

我的《悦读时代》

完全是因为书缘，我才有机会接触《悦读时代》，并且接二连三地在上面发表文章。

2009年年底，我的电子邮箱里收到一封邮件，是徐玉福先生发来的，让我手书姓名，以便发表《书房九歌》时刊用。我当时稍有纳闷，徐先生怎么知道这篇文章呢？我喜欢书话类文章，偶尔也写点读书笔记，都是当作消遣，自己把玩的，这篇一万多字的《书房九歌》，断断续续写下来，集在一起，放在博客上，也是几年前的事了，突然被徐先生发现，要在杂志上发表，这不是书缘是什么呢？

紧接着，我就收到徐先生寄来的一包杂志，其中就有《悦读时代》的创刊号，还有另外几期，仅看杂志的"长相"，我一下子就喜欢上了。再翻一下目录，都是我国读书界的重量级人物，我朋友徐雁先生是杂志的主编之一，徐玉福先生是执行主编。有这两位先生主持，第一感觉是这本杂志不光"长相"漂亮，内在品质也必定不凡，因此更觉得这本杂志可亲可爱了。

不久之后，我就收到二〇一〇年第一期的《悦读时代》，原来这一期是创刊一周年纪念专刊，增加了页码，还有许多我熟悉的读书界前辈和朋友的题词，更加使我爱不释手了，加上发了我的拙稿《书房九歌》，这本杂志一时成为我不离手的读物，睡觉放在枕边，上班带到办公室，出差装进包里，就连开会，也偷偷拿出来翻翻。

接下来，我便按时收到徐玉福先生寄来的杂志了。

我喜欢《悦读时代》，一方面是装帧简朴、素雅，没有烟火气，封二、封三和封底自成风尚，特别是封底的人物介绍，让读者更多地领略了一代读书人的基本风貌和精神风采：程千帆、王咨臣这样的老一代大师虽已驾鹤西去，他们的读书精神却永留人间，照耀后世；来新夏老先生所说的"眼勤、手勤、耳勤、脑勤"的学问积累功夫更是让诸多后学受益匪浅。另外对于曾祥芹、林公武等人的介绍，也无不让人感悟他们教书育人的风姿和在阅读学、文章学方面的丰硕成果。另一方面是内容的丰富，每期保持九十多个页码已经难能可贵了，而基本上每期都有一个主题，更可见办刊者别出心裁的视角，比如第二卷第四期是"来新夏教授米寿贺刊"，封二和封三都是来老的著作书影，真是蔚为壮观啊！而南京大学教授徐雁先生的文章《由邃谷老人随笔说来新夏先生》，于老道、畅达的文笔中，写出了邃谷老人读书治学的严谨作风；第二卷第五期是"曾祥芹学术思想国际研讨会贺刊"，曾先生也是一位不得了的大家，在实用文章学、汉文阅读学等方面成就卓越，出版二百万字的《曾祥芹文选》，分为《实用文章学研究》《汉文学阅读学研究》《语文教育学研究》三卷，基本上涵盖了曾先生的学术成果。这期刊物发表与曾先生相关的文章多达八篇，能够让读者从多方面了解这位我国阅读学方面开创式人物的学术思想和人文精神。仅从曾先生提出的汉文阅读学的十五种基础建设工程的题目中，就可见他对中国读书界所做的贡献了。这十五种工程是：阅读哲学、阅读美学、阅读生产力学、阅读心理学、阅读思维学、阅读教育学、阅读测试学、中国阅读学史、网络阅读学、比较阅读学、阅读创造学、阅读政治学、阅读经济学、阅读文化学、阅读社会学，可见阅读学的深度、广度、厚度和高度。此外《悦读时代》每期都有重量级的一等美文，徐雁等大手笔就不用说了，高信的《望南天》系列和阿福的《阅读联话》连载，都是每期杂志的重头戏，特别是《阅读联话》，每期一拿到手，首先翻到那个页码，通读一遍，真是味道十足、口有余香啊！其中辑录的都是文化界知名人士读书楹联和书斋雅号，不多的几句释语，文字简练而精彩。

我是一个写小说的人，二十年来，在《人民文学》《花城》《钟山》《十月》《当代》《作家》《天涯》《长城》等杂志发表长、中、短篇小说五百余万字，多篇小说被《小说月报》《小说选刊》《中篇小说选刊》《中华文学选刊》等选载，出版各种文集十余本，关于读书类文章的写作也一直坚持了十多年。写作的人都喜欢读书，或多或少也是藏书爱好者，我的藏书虽然没有仔细统计，也有一万余册，而仅仅读书类的书籍，就有近三千本。多年来，在写作之余，最喜读的书就是各种书话集子了。我手头的杂志更是汗牛充栋，每月都收到大量赠阅的杂志，但我独独把《悦读时代》当成宝贝一样地珍藏着，我喜欢它的简朴，喜欢它的素雅，喜欢它内在的气质。

《悦读时代》出版两周年之际，谨以小文向全体编撰人员献上祝福！

2011年大年初二写于连云港新浦河南庄

雷峰塔的倒塌

小楼南望水迢迢，六十年来一梦遥。

不尽斜阳烟柳意，西关砖塔黯然销。

这首诗，是在杭州西湖八景之一的雷峰塔倒掉六十年之后的1984年，俞平伯得到一张西湖俞楼的照片后，触景生情的有感而发。诗前还有小引："俞楼近影，九三同社盛君所赠。三层小平台可眺远。1924年雷峰塔倒，我等皆在，惟季珣四妹独亲见之，洵千载奇逢也。"

对于"千载奇逢"却没有亲见其倒塌，俞平伯是深感遗憾的。但对于"雷峰塔倒"的惋惜，要远远大于没有看到的遗憾。没有看到，只不过是个人的一点情怀，而倒塌的雷峰塔，却是永远不在了，不然，尽管时隔六十年，为什么依然魂牵梦绕呢？不久之后，老人仍念念不忘，心有感怀，写了《雷峰塔圮甲子一周》，诗中说："隔湖丹翠望迢迢，六十年前梦影娇。临去秋波那一转，西关砖塔已全消。"此诗和前一首在意境上差不多，说明消逝的"雷峰夕照"和当年的惊心动魄的倒塌，依然还常留在老人的梦境里。

俞平伯是文士、雅士、名士，这体现在他生活、作文、交谊等各个方面。早在结集《杂拌儿》的时候，他就在"自题记"中"声明"："于日常生活间，自己觉得书生结习总是未免的。但努力要去做一个文士的心思却也还没有。"这里的"没有"之心，实质已经动了"有"的心思。就说《杂拌儿》吧，"杂"固然是这本书的特色，而文章，不论是文言还是白话，文论还是书评，随笔还是散文，谈古还是论今，都别有风味，独树一帜。俞平伯截取的题材、关注的要点，也是独具慧眼。《记西湖雷峰塔发见的塔砖与藏经》《雷峰塔考略》两篇文章即是体现。但这似乎还不能完全体现他对雷峰塔的情感，在紧接着出版的《燕知草》里，又写了两篇古风，即《西关砖塔塔砖歌》和《西关砖塔藏宝箧印陀罗尼经歌》。上面两篇考略文字和两首古风，被誉为"两文双歌"，是俞平伯对雷峰塔及相关文献考证的一大贡献。

生于苏州马医科巷的俞平伯，和杭州有着不解之缘，这不仅是因为他的曾祖父俞樾曾在西湖俞楼开坛讲学，还因为俞平伯本人也曾在杭州居住过几年，特别是他搬到俞楼居住的那段时光，是他生命之途中极其浪漫的旅程。湖光山色的美景自不必说了，交往的文朋诗友更是风骚独领，他还多次和朱自清、叶圣陶等好友在西湖划船勾留，甚至就月夜话。而他平时的日常生活，也多以在湖畔闲读和填词著文为主要内容。当然，也时不时地和家人欣赏隔湖的"雷峰夕照"等美丽景色。对于同辈文人关于雷峰塔的诗文，想必也是时有耳闻或展阅过的，比如徐志摩的《月下雷峰》：

> 我送你一个雷峰塔影，
>
> 满天稠密的黑云与白云；
>
> 我送你一个雷峰塔顶，

明月泻影在眠熟的波心。

深深的黑夜，依依的塔影，

团团的月彩，纤纤的波鳞———

假如你我荡一支无遮的小艇，

假如你我创一个完全的梦境。

如此人人喜爱、流连并歌咏的雷峰塔，却在1924年（民国十三年甲子）9月25日下午1时40分倒塌了，对于杭州人来说，这可是一件大事。俞平伯在《记西湖雷峰塔发现的塔砖与藏经》中，较详细地记录了当时的场面：

以战事之故，湖上裙屐久已寥若晨星。是日下午则新市场停泊着的划船悉数开往南屏方面去，俨然有万人空巷之观。我到时，已四时许，从樵径登山，纵目徘徊，惟见亿砖层累作峨峨黄垄而已。游人杂沓，填溢于废基之上，负砖归者甚多。砖甚大，有字者一时不易觅。我只手取一无字残品，横贯有孔者归。备作砚用，他无所

得。而家人从大路（在净慈寺前）登山者，则已
见及村姑髻实充以经卷，字迹端正，惟丛残不堪
矣，此为初见塔砖与经之因缘。

从这段描写来看，雷峰塔倒塌的原委已经说得十分清
楚了。这里所说的"战事"，即1924年爆发的"江浙战
争"。江苏和浙江军阀齐燮元、卢永祥为争抢地盘，双方
大打出手。这次战争，给富裕的江南造成了很大的灾难，
俞平伯的好友朱自清一家也受到极大的牵累，致使身在上
海的朱自清不得不穿越战区还回台州，当衣借钱，才把滞
留在战区的一家老少数口带离火海。杭州也未能幸免，原
本熙熙攘攘、游人如织的西湖，一下子变得清冷寂寥。雷
峰塔就是在这样的背景下，突然倒塌了。"据云是日正
午，塔顶已倾其一小部分，栖鸟悉数飞散"。看来，倒塌
之前，已经有迹象了。"当其崩圮时，我们从湖楼遥望，
惟见黄埃直上，曾不片时而塔已颓然"。

从俞平伯的文中看出，"万人空巷"，"游人杂沓，
填溢于废基之上，负砖归者甚多"。俞平伯也去看了。俞
平伯的心情和其他"负砖归者"大相径庭，诗名、文名远

扬的俞平伯，对古迹文化就这样消失实在是不忍，他去观看一眼，想必是聊补心中的失落和遗憾吧。当他看到"村姑髻窦充以经卷"时，知道这些宝贝将永远消失在民间了，于是便萌发了考证藏于塔内的这些经卷和塔砖的想法。这种经卷比较特别，体量不大，粗如拇指，长约两寸，外层护以漂亮的绢套，原本是插藏于塔内砖孔之中的，现在成了村姑头发上的装饰。想到这些经卷和千年古砖的命运，俞平伯嗟然长叹、长吁不已，也无可奈何。想再也不能在暮霭初起、晡日西沉时，欣赏到"雷峰夕照"的迷人景色时，又不免痛心疾首。是啊，当如血的残阳从西边天际缓缓掩来，把暗紫色的柔和余晖，一览无余地泼泻在雷峰塔身之上，那是一种多么苍凉凄美的神境啊！如今，塔已不在，真就永久告别人间了吗？俞平伯心有不甘，决定要著文记之。

　　于是俞平伯和家人一起，开始在民间访问，搜罗塔砖和经卷，制作拓片，对损坏的经卷进行修补。俞平伯还到浙江省博物馆查找资料，记录笔记，全身心地投入到文章的撰写之中。第一篇《记西湖雷峰塔发见的塔砖与藏经》就是在这样的情境中，于1924年12月4日完稿于西湖俞楼的。此文对塔砖和经卷考察完备详尽，是不可多得的知识小品式论文。但是第二篇《雷峰塔考略》却写于北京，完稿时间在1928年1月30日。为什么两文相隔三四年之久呢？原来，在写作过程中，俞平伯的舅父（也是岳父）许引之（字汲侯）和俞家一同居住俞楼，许也是饱学之士，在俞平伯著文时，他完全参与其中，帮助俞平伯查资料、做拓片。谁知天有不测风云，岳丈突然罹病仙逝。这对俞平伯和俞夫人打击很大，在完稿《记西湖雷峰塔发见的塔砖与藏经》不久后，即于1924年底携夫人北上京华，与定居于老君堂的父母团聚了，并在多所高校任教。直到1928年，他在准备出版《杂拌儿》时，才补写了《雷峰塔考略》一文。此文开篇一段有"昔之属余作此者，已阻人天，墓门宿草而悲绪弥永"之句。可知当年写作关于雷峰塔的文章，是岳父许引之督促安排的。而完稿于1925年3月10日的古风《西关砖塔塔砖歌》的副题，直接就是"为先舅父汲侯许君作"。另一首古风《西关砖塔藏宝箧印陀罗尼经歌》，虽作于1928年立春日，也不能看着是简单的"补记"之作，同样是对那段生活以及经历的追念和感怀。

多少年以后，当我们重读"两文双歌"时，还能够切身地感受俞平伯当时的心境，"天荒剧迹哀江南，我辈登临心转伤。霏尘觉梦一弹指，仰瞻俯瞩增靡徨"。根据俞平伯的考订，雷峰塔由五代吴越王钱俶于北宋开宝八年（975）始建，因地处杭州旧城西关门外，因而得名西关砖塔，后来又几经更名，最终被通称为"雷峰塔"———建在南屏山支脉"雷峰"（郡人雷氏居此得名）的平冈山。俞平伯对塔砖和藏经做了精细入微的描述和考释，认定塔砖共分为有孔无字和有字无孔两种，"砖甚大，有字者一时不易觅。我只手取一无字残品，横贯有孔者归。备作砚用……"据记载，塔内藏经多达8400卷，但如今"存什一于千百矣"。俞平伯还论证，藏经的价值最高："国内除敦煌所发现的唐写经外，恐怕要推此次的发见为巨擘了"，"唐写经虽较古，此经则为北宋初年刻，约略计之距中国印刷术之发明殆不及百年；其价值殊不相上下"。但是，许多经卷，散失民间后，再也无可追回，而实际上，大多经卷已经毁灭了。这更是俞平伯心头难掩的痛。

在《燕知草》出版的时候，为聊补心中的缺憾，也为使雷峰塔倩影永驻人间，俞平伯特地邀请好友丰子恺画了一幅《雷峰回忆》，作为《燕知草》的插图。丰子恺是大画家，尤以漫画出名，又是著名文士，自然懂得俞平伯的心思，便也匠心独运，用白、蓝、橘红三色，铺陈出一幅特色鲜明的"雷峰夕照"来：全图以白为底色，大约是暗比"天水一色"之意吧；又以蓝色来写意摹状南屏山的逶迤；在绵亘的远山之麓，雷峰塔拔地而起，依稀可见塔顶上丛生的杂树，而塔体正面，夕阳正照射在雷峰塔上，洇透着舒徐的一抹橘红；波光潋滟的湖水中，倒映着蓝红相间的婆娑的塔影。整个画面，净明寥廓，朴拙淡雅，看似疏朗的几笔，已是神韵毕现，浑然天成，体现了一贯的大师手笔，和俞平伯的文章相得益彰、相映生辉。

无独有偶，关注雷峰塔倒掉的，不仅是浙杭的当地人，远在北京的浙江籍鲁迅也有耳闻了。鲁迅是见过雷峰塔的，"雷峰夕照"也见过，印象"并不见佳"。鲁迅对雷峰塔没有好感，原因是小时候听信于"水漫金山"的民间故事，知道是法海老和尚把白蛇娘娘镇压在一座塔下的，后来知道这个塔就是雷峰塔。于是，在听闻塔倒之后，他写了篇著名的《论雷峰塔的倒掉》，文中充分表达了对白蛇娘娘的同情，对法海的痛恨，觉得雷峰塔就是法海拿来镇压白蛇娘娘的法器，倒掉了，当然"活该"。

1925年，鲁迅又写一篇《再论雷峰塔的倒掉》，又从另一个角度加以论述，即民族的劣根性。因为雷峰塔的倒塌，是被人无端挖盗大量塔砖造成的。据说，塔砖放于家中，"凡事都必平安，如意，逢凶化吉"。这当然是迷信了。"凡这一种寇盗式的破坏，结果只能留下一片瓦砾"，如果不能唤醒民众的觉醒，还会挖毁别的建筑。"正如雷峰塔倒掉以后，我们单知道由于乡下人的迷信。共有的塔失去了，乡下人的所得，却不过一块砖，这砖，将来又将为别一自利者所藏，终究至于灭尽。"鲁迅无奈地感叹道。

鲁迅的"两文"论述，细一思之，其实和俞平伯的诗文有着相同的作用，都是在呼唤民众要爱护中华民族的传统文化，珍惜老祖宗留给我们的文化遗产。此愿望，直到现今，仍然有警示作用。但我们却见到许多古镇、古村落在消失，而不伦不类的仿古建筑被复制在都市里。

2013年阳春三月，我去西湖采风，去了几处地方，也去看了新建的雷峰塔。老实说，在得知雷峰塔重现人间时，我明知道不会和倒塌之前的旧塔有什么瓜葛，但心底里并不排斥。因为雷峰塔的重建，和其他被毁古建筑的重建是不一样的，有的古建筑，不是毁于自然灾害，而是人祸造成的。而雷峰塔虽然也和人祸有关，毕竟是毁于旧时政权下的人祸，重建理所当然。我思忖着新建的宝塔，虽然不能完全恢复原样，至少八九不离十吧。如果能像德国德累斯顿大教堂重建那样，发动全市乃至全世界人民，搜集被盟军炸毁的大教堂的砖石，按原样恢复，就更完美了。即便不能，搞个做旧或仿古，也能聊补对旧塔的怀念。但，当我远远望见如此金碧辉煌、豪华气派的宝塔时，兴致大减，不禁抽身而退。我知道，此时的雷峰塔肯定有它存在的理由和价值，但它已经不是彼时的雷峰塔了，它们完全是两个不同的建筑，只不过是名字重复而已。如果俞平伯知道雷峰塔重建并建成现在的模样，不知道老人是一种什么样的心情。

2014年秋写于北京草房

俞平伯的秋荔亭

骀荡风回枯树林，疏烟微日隔遥岑。

暮怀欲与沉沉下，知负春前烂缦心。

————《如来清华园》

1928年10月，俞平伯应老同学罗家伦邀请，到国立清华大学文学系任教。这首诗，就是俞平伯初到清华园时的感想。除了在清华任教，俞平伯还兼任燕京大学、北京大学、北京女子师范大等学校的课程。在此之前，曾有多所大学请俞平伯执教，都被俞平伯婉拒。俞平伯答应清华，一方面可能是罗家伦的因素，另一方面，与好友朱自清也任教清华不无关系。到清华的第二年，俞平伯还有一首

《清华早春》，描写了清华园早春的景象："余寒疏雪杏花丛，三月燕郊尚有风。随意明眸芳草绿，春痕一点小桥东。"后一句十分传神。

时间很快就来到1930年10月，执教两年的俞平伯移家至清华园南院七号。刚一入住，就将住所命名为"秋荔亭"。何为"秋荔亭"？俞平伯在《秋荔亭记》中说，"彼院虽南，吾屋自东，东屋必西向，西向必岁有西风，是不适于冬也，又必日有西阳，是不适于夏也。其南有窗者一室，秋荔亭也。"其实"秋荔亭"并非单独指这"有窗者"的一间小屋，而是代指他的整个七号小院了。从此，他除了偶尔回城办事、访友、探望父母外，其他时间都以"秋荔亭"为根据地了。俞平伯在这里接待过周作人、顾颉刚、吴宓、朱自清、浦江清、叶公超等诸多校内外好友，也在这里写出了多篇文论和多首诗词，创作、出版了《燕郊集》《杂拌儿之二》等书，还经常邀请昆曲爱好者在家搞曲会，"秋荔亭"一时成为清华园文人雅士的荟萃之地。

明明只一个小小的院落，既无亭，也无荔，却叫"秋荔亭"。在《秋荔亭记》没有问世之前，不知内情的人有可能的附会就是，俞平伯是秋天搬进南院七号的，但"秋"和"秋荔"毕竟不是一回事。俞平伯的老师周作人和其他友人一样也有类似的疑问，有一次，在出城去清华园的校车上，周作人忍不住问俞平伯，有亭否？答曰，无有。又问，有荔否？答曰，无有。周作人也不作声了。大约老师想起俞平伯的古槐书屋了吧。古人喜欢把自己的居室起些"亭堂轩榭"等名号，有的一眼可见其中的意思，有的是有自己隐秘情怀的，个中缘由，只有自己清楚，不足为外人道也。可能俞平伯也渐渐知道别人的疑惑了，才在1934年5月出版的第1卷第4期《人世间》半月刊上发表《秋荔亭记》。《秋荔亭记》开头说"馆之在吾家旧矣，吾高祖则有印雪轩，吾曾祖则有荼香室"。俞平伯接着对"秋荔亭"说了这样一番话："夫古之亭殆非今之亭，如曰泗上亭，是不会有亭也，传唱旗亭，是不必有亭也，江亭以陶然名，是不见有亭也……以洋房而如此其小，则上海人所谓亭子间也，亭间今宜文士，吾因之以亭吾亭。"俞平伯又细细历数了一门三窗的形状和"秋荔亭"四季的风貌，夏热冬冷，"而人道以秋，聊以秋专荔，以荔颜亭"。是的，古时许多亭堂楼馆，只不过是建立在纸上的产物，《红楼梦》里更是把这种建筑写到了极致，什么怡红院、潇湘馆、蘅芜苑、稻香村、栊翠庵、蓼风轩、暖香坞、秋爽斋、紫菱洲、缀锦楼、藕香榭等不胜枚举。周作人的苦雨斋里，不是还有煅药庐嘛，所以秋荔亭也没什么好奇怪的。

2013年早春二月，我到清华大学寻访冯友兰、俞平伯、朱自清当年的旧居，在南院七号秋荔亭前徘徊良久。南院，听起来好别致的名称，实则只是富丽而俊朗的清华园内的一个破旧的小村落，所有建筑和秋荔亭一样，不过是一幢幢灰头土脸的北方砖瓦小院，每家每户只有两三间或三五间低矮的小屋，东向、南向、北向、西向都有。可能是早春吧，"村子"前后左右和几条小巷里不见一点青绿，也没有什么花草树木，灰蒙蒙的天空下，寒风萧瑟，死气沉沉，有许多只灰色的鸟儿蹲在几棵干枯的树上，有几个临巷小院里的房屋被开发成各种小店，卖服装、卖纸笔文具，还有卖熟食小吃和纪念品的，在一个据说是冯友兰居住过的院落里，有卖清华纪念衫的，不贵，虽然不是穿它的季节，我还是买了一件。不知出于什么原因，觉得在诸多大师生活过、居住过也吟过诗、作过文的地方，应该留下我来过的一点记忆吧，这样一想，又买了一本带有清华字样的纪念册。踟蹰良久，看到一个匆匆路过的女生，我上前打听，请问东院在哪儿？她摇摇头，笑笑，很抱歉的样子。我说，就是朱自清住过的地方。她似乎懂了些，用手一指，说，荷塘吗？不在这边，在那儿。她以为我要去荷塘，去看自清亭，寻访当年的"荷塘月色"。其实我刚从"那儿"过来。我谢过同学的好意，默默地想，如此严重的雾霾，如此压抑的空气，真是无心再去寻找了，还是在南院一带寻寻觅觅吧。我知道这一带曾住过什么人，冯友兰、朱自清、浦江清、叶公超、刘文典等，我想，如果在这些名人居住过的小院外，贴上名牌，可能会方便像我这样的访客吧。我不愿意马上离开，又返身来到秋荔亭门口，驻足遐想。不知从哪里传来音乐声，丝丝缕缕、悠悠扬扬，当然不是秋荔亭里的曲音了。俞平伯和普通人一样，喜欢饭后散步，访友闲谈，常去的就是朱自清家，聊到兴起时，还会赋诗一首，比如1932年早春，他就在朱自清家写一首《郊园春望》，诗曰："曾从秋荔分红叶，今日燕郊独看花。欲折一枝谁寄与，题诗应不到天涯。"诗中抒发了对好友的怀念，透出淡淡的伤感。由于两家相距太近，可以说抬脚就到，朱俞二人常会相互走动，如恰巧有新作写就，会相互阅读欣赏。比如1933年2月22日，俞平伯收到朱自清寄来的散文《春》，下午，朱自清就到了秋荔亭。俞平伯谈读《春》之后的感想，同时，把自己的新作《赋得早春》请朱自清阅正。朱自清认为《赋得早春》"文太俏皮，但老道却老道"。俞平伯则认为《赋得早春》和《春》比，几乎差了二十年。俞平伯虽然有谦虚之意，也可见二人的坦诚了。1933年10月17日，俞平伯在南方游览归来不久，把写作的《癸酉年南归日记》给朱自清看，12月5日，又把近作《〈牡丹亭〉赞》请朱自清阅读。这样的友情一直持续着。后来，朱自清几经搬家，都没有离开清华园。朱家的小院，在朱自清去世后，夫人陈竹隐和孩子们一直住在这里。到20世纪70年代，俞平伯和叶圣陶在怀念好友朱自清时，还商量去清华园看望陈竹隐。而俞平伯的秋荔亭，早已换了几番主人。物换星移，当年居住在这里的文化人都已不在了，好在旧居尚存，心里还是有些欣慰。我在紧闭的院门前发了一阵呆（其实是胡思乱想），还是离开了。

　　俞平伯一生所记日记不多，他不像周作人，也不像吴宓、胡适那样，一生都有记日记的习惯，他只是在特定的时期才记，除前边说到的《癸酉年南归日记》外，还有早期的《别后日记》，写的是1918年和新婚妻子在天津别后的日记，还有两次去海外日记、《京杭道中日记》等，可以说是有选择地记日记。搬到清华园之后，他开始写《秋荔亭日记》，这本日记在他所有日记中，占有较大分量，持续时间也最长（虽中间中断数次），从1931年1月1日开始，一直到1938年6月16日。

1931年日记开首几则云：

一月一日

三姊于九时进城去，客岁积雪皑皑。访佩弦未遇，午食佩来，饭后为说陈女士事。王家表弟肇征来。晚教小儿作纸牌戏。闲看林译《十字军英雄记》。

二日

晨兴殊宴，见晴雪光辉可爱，环及小儿在院中堆雪人。傍晚访芝生、公超均未值。与环闲谈。作灰背戏，负于润民。

三日

晨起以柬邀友人晚宴。记梦数则，江清、芝生、湘乔、武之来，谈叙颇畅。送客，见明月照积雪，甚皎。江清假脂本《红楼梦》去。与环在书室闲谈。

四日

上午作《梦记》。下午阅《爱理斯梦的世界》引论一章。小睡，起已上灯。佩弦来饭，今午始返自城中也。饭后又诣佩处谈。归已近九时。

五日

早起乘车入城，诸事毕，返寓。母患小疾，今日向愈。午后三姊来，是日又雪。为岂师作煅药庐额，易纸始就，终苦稚劣也。夜大姊自津电话来。予侍两亲谈至午夜始睡。

六日

小寒。在青年会小食，十时半乘车返清华，车中遇公超，杂谈殊不寂寞。下午读《三国志·诸葛亮传》。以电话询母疾，并约岂师来。灯下作小楷一页即睡。

七日

上午十一时许岂明师偕启无来寓，邀佩来作陪。启无见赠"古槐书屋"小印。五时半客去。灯下作字一页。

八日

为女生改卷。许七自城内来访，并贻"声越诗词"一册。偕七翻译坡的小说初稿甫毕。晚赴江清之招于西客厅，晤苦水。归时有风。

九日

今日大风，寒，天色沉翳。为诸生改卷。写大小字各一页。坡译小说毕，并校正，抄写之。是夜室外温度已近华氏零度，为今冬初次奇寒也。

十日

早起写大字一页。晚作《梦记》第五。是日天略回和。夜室外十五度。午夜始入睡。

十一日

作大字一页。《梦记》第六。傍晚返京寓，侍两亲谈话。

这只是《秋荔亭日记》开头的数则，文字简洁，只记事，不议论，但能从中读出很多信息：

这段时间，朱自清是在俞家搭伙吃饭的。朱、俞在清华的友谊可以从1925年8月说起，朱自清经俞平伯介绍，从浙江白马湖来到清华学校大学部教书，不久之后，即移家清华园。朱自清夫人因长期辛劳，患病去世。悲伤中的朱自清只好把子女送到江苏扬州老家，只身一人在清华教书。朱自清一人生活不便，俞平伯便请他在自家吃饭。朱过意不去，一定要交饭费，正式成了搭伙。饭后经常畅谈。1930年，朱自清和陈竹隐经朋友介绍相识后，开始恋爱。俞平伯日记中"饭后说陈女士事"，可能就是指朱、陈恋爱中的交往。俞平伯经常在家请朋友度曲，1931年和朋友聚会也会谈曲，1月8日晚至清华园西客厅赴浦江清招宴后，还和朱自清、叶公超、叶石荪、顾随、赵万里、钱稻荪、毕树棠等人谈昆曲、皮簧等。在之前的1月3日那天，一早就开始写请柬，晚上请浦江清、冯友兰、邹湘乔、杨武之家宴，饭后唱曲。俞平伯开心，唱了《下山》和《惊梦》。而其时俞平伯正在做一项"工程"——记梦，还向老师周作人征集好梦。周作人也真的给学生提供了两则梦。3日，记梦数则，4日，俞平伯写了篇《梦记》，8日又写了篇《梦记·五、庙里》，10日补记"跋语"，11日又创作了《梦记·六、秦桧的死》，这两篇散文都发表在本年6月15日出版的《清华中国文学会月刊》第1卷第3期上，还收入文集《杂拌儿之二》中。俞平伯虽然懂英文，去英国、美国留学都没有语言问题，但他的翻译文章不多，这时却和表弟许宝共同翻译了一篇爱伦·坡的短篇小说《长方箱》，不但自己"校正""抄录"，为了译文更有把握，还请清华大学外国语文系教授叶公超披阅、审定。这篇译稿发表在《新月》月刊第3卷第7期上，署名"吾庐"，后被收入《燕郊集》。从这几天的日记中，还读出俞平伯家浓浓的亲情："与环闲谈"，陪儿子玩牌游戏，还"负于润民"；夫人和儿子在院中堆雪人，能想见，"晴雪光辉"中，满院堆雪，洁白晃眼，一家人其乐融融的快乐场景。在短短的几天内，分别在5日和11日两次回城，都是因为"母患小疾"，陪父母说话去的，第一次谈"至午夜始睡"，第二次"侍两亲谈话"。我们都知道书法家的笔法之美，书艺之美，往往忽略他们付出的辛苦。俞平伯的书法，从小受家学的影响，写得漂亮，受到同道的称颂。但他依然经常磨砺，日记中有无数次习字的记载。仅笔者抄录的日记中，就有"灯下作小楷一页即睡""灯下作字一页""写大小字各一页""早起写大字一页""作大字一页"等五次纪录，从中可以看出，天赋再高，后天不努力，也会荒废的。和友人交往，也贯穿在俞平伯日常生活中，除上面写到的邀请友来寓度曲，还请周作人、沈启无来寓做客，沈给俞带来了一枚"古槐书屋"小印。俞也应嘱给周作人书写了"煆药庐"额。"煆药庐"是周作人新命名的书斋，周作人应该送纸给俞了，这才有"易纸始就"，谦虚的俞平伯认为"终苦稚劣也"。这几则日记中，作者还多次有读书的纪录："闲看林译《十字军英雄记》""下午阅《爱理斯梦的世界》引论一章""下午读《三国志·诸葛亮传》"。

在新年短短几天寒雪中，俞平伯在秋荔亭的生活真是十分丰富。阅读他全部《秋荔亭日记》，从简略的记录中，从记录的人、事、雅集、聚会、创作、书信往返中，会发觉中国新文学运动以来别具特色的风景。于静夜中阅读这些日记，有时会感触很深，有时也会掩卷沉思。

从《秋荔亭记》中还可以看出作者的一些创作思路和

创作计划，比如"曲谈""随笔""丛钞"等几本书的写作计划。

《秋荔亭随笔》大约是从这篇《秋荔亭记》之后就开始动笔了，"随笔"共有十一则，头三篇分别发表在《人世间》杂志第十八、十九、二十一期上。而"曲谈""丛钞"后来都不见有创作和编辑，虽然谈曲的文章也写了些，却不知何故没有冠以"秋荔亭曲谈"，而"丛钞"之类文集，终究也没有编成出版。有意思的是，俞平伯以"秋荔亭"为名的文字还有"墨耍"系列，可惜只有之一的《象战于野》一篇，不见之二、之三。这是他受梦境启发而自己发明的一种象棋游戏，饶有兴味地把棋的规则分步骤写了下来。

日本全面侵华战争开始后，清华园落入敌手，俞平伯被迫躲进城里老君堂古槐书屋了，他在日记中记述了那段时间的经历，如1937年8月7日记云："海淀街遍悬日本旗，小学悬之，庙亦悬之。"8日，俞平伯再次出城去学校，"郊外禾黍离离，柳阴深蔚，寂无所见……抵新南院，荒凉似无居人……幸有一匙得启户。方整治物件，忽闻近在本院，有被抓者，车人悚惧，令其开车避匿校中"。30日，"九时偕环搭乘公车出城，车首改书米那洋行，插意国旗，抵校舍清理书籍……一时就归途，出海淀铺户十家九闭"。9月6日，"八时偕环雇车出城，邀请健君同行至新南园四号，收束一切，备明日搬移。午归，未遇检查。自庚午秋晚移砚西郊，于兹七载，遭逢离乱，一旦弃之，仍返住槐屋，触类如故，真如一梦也"。日记中记述了海淀和清华园被日军占领后的惨状，他几次出城，都带着夫人，乘坐的车辆都悬挂意大利国旗，可见当时气氛是多么的恐怖。

俞平伯在被迫离开清华园后，再没有回去过。

2015年10月5日初稿写于连云港河南庄寓所

《遥夜闺思引》

郎住西海东，妾住东海西。海山日明灭，海水夜凄凄。清波几回尘，枯桑几日薪。郎身与妾意，离合难相亲。……唇丹羞尹邢，缣素和哀玷。生菜镂碧华，芦管传芳斟。丰神谐异国，海气变雅琴。一弹水仙操，再抚离鸾吟。三叹流波息，西崦日欲沉。移情思君年，沧海邈遗音。

———《遥夜闺思引》节录

俞平伯的诗词，文字精准，意境幽深，情境渺远，既丰富复杂，又单纯唯美，极具文学性，是现代诗家中的上品。

抗日战争时期，俞平伯苦居北平，艰难度日，在时光漫漫中，苦吟低诵，作了不少好诗妙词。五言长诗《遥夜闺思引》，就是在这特殊的环境里创作完成的一个大工程。此诗写作的准确年份不详，大约开始于1942年至1943年间（构思时间可能更早），完稿于1945年9月24日，几经苦吟，反复推敲，耗时达两三年才定稿。由于当时处在沦陷区，环境特殊，既要表白心境，又要不露"破绽"，写得相当艰涩难懂。在此后数年中，俞平伯又把该诗抄写数十遍赠送给亲朋好友，仅跋文就写了十六七篇之多。

俞平伯近十年的艰难苦守，终于迎来了清华大学的复员。但俞平伯没有重回清华，而是由北平临时大学转入了北京大学任教。至此，俞平伯又回到他熟悉的环境中了，又可以从容地从事创作和研究了。

回顾这近十年的蹉跎岁月，其对俞平伯的创作和研究造成的伤害是巨大的。何况这十年又是他人生的壮年时期。如此美好的年华，在中华民族面临的灾难面前，像俞平伯这样的知识分子，等待似乎是不多的选择之一。我在翻看《俞平伯全集》时，发现他在这一时期的著述不多，主要成绩是在古典诗词的创作和研究两方面。有时我会想，如果不是家国蒙难，人生流离，友朋星散，心情抑郁，仅创作一项，怕是也要多出不少成果吧。搞创作的人都知道，写作不仅需要才情，更需要环境和心情。可以想见的是，在敌占区的北平，在阴霾的天底下，俞平伯所能做的，只能是翻翻古籍、填填诗词、聊以打发光阴了。但俞平伯毕竟是有大才的学人，他不想也不愿浑浑噩噩虚度年华，他要心有所依，要表明心迹，于是《遥夜闺思引》便在心头酝酿了。

在不断吟咏、修改、抄写中，《遥夜闺思引》终于历经数年而完稿了。

这一浩大工程的告竣，一除俞平伯心中的郁闷，加之日本法西斯无条件投降，俞平伯心情不错，"白日放歌须纵酒，青春作伴好还乡"。纵酒似乎可以有，尽管酒量不大，微醺几次又何妨？"还乡"就是可以公开他的长诗了。俞平伯不辞辛苦，用他擅长的小楷，一连抄写了数本。1945年11月9日，他把抄写的第一本《遥夜闺思引》赠许季珣并作了跋语。在这篇跋语中，俞平伯透露了写作的初衷："索居古燕遣愁笔也。"又解释了"闺思"名，是因为"相思相望，会少离多，虽然是陈言，却为正意"。接着，他对该诗作了简明的概述：全诗"约分四节，首至'无碍红颜想'，多天风海水缥缈之音，题外闲情每与正文参错。此下至'所思渺西海',插笔自叙,又分幼年、中岁、近事,结联挽合本题。至'近将适裸国',此一节最觉芜杂,正文间出,亦偶有自序处,而大致眷怀家国燹火兴衰,上下四方蹙蹙靡骋,略拟楚骚《招魂》。'重海互暄寒'以下杂抒怀感。此诗原不须如是长,以二、三段闲笔过多,遂稍缘饰其词,以免畸重之病。反复零乱中本事约略可循。一唱三叹结束长言,与首遥应、固兴感于寂寥,而赏音之所以稀,亦缘宗国衰微之甚也"。此跋虽有许多谦词,也能看出他的得意之情。试想,如果不是日寇投降,心情大悦,他能和亲朋如此爽快地交流吗?

到了1945年11月中旬,他又为自写第二本《遥夜闺思引》赠胡静娟作跋语。11月28日,他为自写第三本《遥夜闺思引》赠毕树棠作跋语。第三本跋语还发表在次年1月21日天津《大公报》的《综合》副刊第34期上。更有意义的是,在11月28日晚上,清华大学负责先头接管、复员工作的陈福田在东来顺宴请来自昆明的梅贻琦校长,俞平伯受邀出席,同时作陪的还有张伯谨、孙锡三、孙瑞芹、陈岱孙等人。席间,俞平伯将长诗《遥夜闺思引》手稿、书信及《谢灵运诗集》托梅贻琦带给还在昆明的好朋友朱自清。从这一举动上，可见俞平伯和朱自清的情谊之深。1945年12月24日，朱自清在写给俞平伯的信中，专门评说《遥夜闺思引》，他说："全诗规模甚大，'所思渺西海'一语殆属关键所在，亦即所谓本事，就此而论，确极缠绵悱恻之致。篇中随处表见身世及怀抱，难在于本事打成一片。"又说："……诗第二段最为明豁，叙事宛切到家。首段以海天为背景为象征，亦与本事融合恰到好处。三四段反复零乱，似《离骚》，似《金荃》。然五言长篇如此者绝无仅有，此两段索解人似最难。"不愧是知交好友，解读如此细致而精准。

大约在1945年的11月间，在接受吴小如为入室弟子后，吴小如以小楷抄录《遥夜闺思引》为赞敬。12月2日，俞平伯又为吴小如写赠本《遥夜闺思引》作跋语；4日，以吴小如写本《遥夜闺思引》赠夫人许宝驯而再作跋语。在此后一两年的时间里，俞平伯又写了数本并题跋赠送了儿子俞润民、好友杨振声等，又专门为叶圣陶写本《遥夜闺思引》作了跋语。到了1947年7月15日又为自写第六本《遥夜闺思引》作跋语。在这篇《跋》里，俞平伯说："暴春霆世兄来，出其家藏'林屋山民送米卷子'……一日，有他客来，君亦在座，偶见此稿于案头而悦之，即云，以此影印，至佳也。"这就是《遥夜闺思引》影印本的由来。有了影印本，俞平伯不再抄写了。据唐弢在《晦庵书话》里透露，该影印本于3月（1948年）由北平彩华印刷局以上好的道林纸珂罗版影印100册，白底加若干蓝点的封面配上妻妹许季琁的题签，用两束蓝色的绒线装订成薄薄的一册，显得格外精致雅洁。5月，又改版印了300册，改红色的绒线装订成册。唐弢还感怀道："此书不仅能感受作者隽永的情怀，体味格律诗的韵美，还是一册上好的字帖，洒脱毓美的小楷字体，不能不让人赏心悦目。"黄裳在其著作《榆下说书》里也写到了这本《遥夜闺思引》，他说："这是作者的一首五言长诗，通3700余言，前有自序。全书由作者用极漂亮的小楷写在'仿绍兴本通鉴行格'的纸上。卷尾题'岁次乙酉九月二十四日写于北平德清俞铭衡平伯'。自序后钤一印，白文，'僧宝'二字。此书于1948年在北平由彩华印刷局用玻璃版影印，不过用的乃是洋纸，而装订法甚古，用黄丝线于上下串订，可以说是相当别致的。记得我曾向作者购买初版、再版本各一册。现在手头只剩下1948年5月再版本一册。再版共印300本，价12万元。"不过，再版本增加了

《沁园春·戏答静娟表妹题赠》二章和《题〈遥夜闺思引〉杂咏》六首，更丰富了此书的内容。

有了这次成功的经验，俞平伯又影印了一本《〈遥夜闺思引〉跋语》。该书收入了俞平伯为各种抄本题写的跋语十七篇，是由北平彩华印刷局于1948年8月印行的。此举在朋友圈内再次引起关注，一时成为佳话，朋友们都想一睹其风致。在一段时间内，这两本小书的形式、开本和内容，都成为朋友们雅集时的谈资，而对于《遥夜闺思引》艰涩难懂，反倒是不去在意了。人们只知道作者在沦陷期间虽然生活在日寇的铁蹄之下，但并非甘愿，而是心向家国的。正如吴宓在日记中云："晚，读俞平伯手写（乙酉九月）精印（丙戌二月）所撰《遥夜闺思引并序》，以儿女之情思，写国家之忠爱。词意凄婉，托喻深微，须细推求耳。"

沦陷期间的俞平伯，"寄迹危邦，避人荒径"，尽管这一时期的创作不多，但能独写"聊忏幽忧"的长诗《遥夜闺思引》，以述十年徒掷之悔，不仅符合他的个性和情怀，也让许多人感佩和敬仰。

2014年秋写于北京草房

《郊叟曝言》

北大名教授周一良老先生，出生于上海滩豪门望族，曾祖父周馥、祖父周学海都是近代中国著名实业家，其家业殷实；其父周叔弢不仅是大儒商，还是著名藏书家，在近代中国藏书界有一席之地。对于父亲的藏书，周一良在自传中写道："父亲藏书丰富，有不少善本，又喜欢搜集文物字画等等。这种嗜好与修养，使子女无形中耳濡目染，提高了文化素质。"关于周叔弢买书藏书的故事很多，宋路霞女士在《龙门风雨——周馥家庭商海沉浮记》（《上海滩豪门望族》，学林出版社，2004年1月）里多有记载。难能可贵的是，周叔弢在中华人民共和国成立后，把自己经年所藏，分几批全部捐献给国家：

1949年，周叔弢将花重金购买的宋版《经典释文》第七卷捐赠故宫博物院，使故宫的缺卷之书合成完璧；1950年，为振兴教育，他将家祠"孝友堂"中珍藏的三百八十余箱共计六万余册书籍，以及明刻本《南藏》，捐献给了南开大学；将"孝友堂"及其所在周围的土地亦一并捐献给了国家；1951年，他将精心收藏的两卷《永乐大典》捐献给了北京图书馆；1952年，他又将其藏书中的至精部分，即宋、元、明代的刻本，以及校本、抄本和稿本共计七百十五部，共二千六百七十二册，全部捐献给国家，入藏北京图书馆善本室。1954年以后，他逐一将其清代藏本及其他图书作一整理，又向南开大学捐书三千五百余册；1955年，他把清代版本的古籍三千一百余种，共计二万二千六百余册捐入天津图书馆。从1952年至1961年，又分三批，将他珍藏的历代法书和绘画珍品捐献给天津文化局；1953年，他又将吴平斋（吴云，晚清苏州大收藏家）旧藏的"二百兰亭斋"的全部印谱捐赠给故宫博物院。

　　……二十世纪八十年代初，弢老已近九十高龄，他再次亲自检视藏品，其中善本一千八百余种、九千一百九十六册，各类文物一千二百六十二件，其中有敦煌卷子二百五十余卷，清代铜、泥、木三种活字印刷的版本书七百余部，战国、秦汉古印九百余方，还有一大批隋唐时期的佛经写本，均为难得一见之精品。这是弢老的最后一批收藏品，现存于天津图书馆和天津艺术博物馆。

　　周一良先生成长、生活在这样的家庭氛围里，理所当然受到了良好的教育，尤其在"旧学"方面，更是得到了多名名师的指点，他的老师都是大名鼎鼎的旧学"精英"，如做过溥仪南书房行走的温肃（字毅夫）、河北诗人张玉裁、大学问家唐兰等，都是学富五车的饱学之士。特别是唐兰，在周家家馆任教之余，"还给天津《商报》办学术性的副刊，内容涉及经学、小学、诸子、金石、校勘及诗词等，稿件全由他一人包了，当时就得到吴世昌先生的盛赞：'当今学人中，博极群书者有四个人：梁任公，陈寅恪，一个是你，一个是我！'从这个家庭教师的名单中，就可知周叔弢在儿子教育上的投资和苦心了。"

周一良先生和他的老师唐兰一样，天生就是"读书种子"，他在自家家馆几乎读过所有"旧学"经典，"直到1930年才进入新学，跳越了小学、中学、大学，径直考取燕京大学国文专修科的研究生，后进入陈寅恪、傅斯年主持的史语系，又去哈佛留学七年，获博士学位"。回国后，一直在北京大学历史系任教。数十年间，他写作了大量的学术专著，如《世界通史》（中古部分）、《亚洲古代各国史》、《魏晋南北朝史论集》等多种，1998年，他还出版了五卷本的《周一良集》（辽宁教育出版社）。而《郊叟曝言》所收文章，是周一良先生1997年患帕金森症以后"继之双腿先后骨折，卧床数月，加以左脑腔隙性梗塞，以致右手不能写字，一切口授，由他同志笔录的文章"。（《郊叟曝言·前言》）

《郊叟曝言》是作为"名家心语丛书"第一辑之一种，由新世界出版社于2001年9月出版的。该丛书另四种分别是《千禧文存》（季羡林自选集）、《三论一谈》（何滋全、郭良玉伉俪自选集）、《晚晴集》（侯仁之九十年代自选集）、《文化古今谈》（金开诚随笔新作）。季羡林在"名家心语丛书"序里，约略说明了该丛书的出版经过："拙著《千禧文存》问世后，蒙读者垂青，销路广通。具有出版工作'特异功能'的周奎杰女士和张士林先生，慧眼如炬，看出了读者是欢迎这一类文章的。于是别出心裁，以拙作为滥觞，扩大作者范围，编成了一套丛书，名之曰《名家心语》。"顾名思义，"名家心语"就是名家的内心话语。周一良的"内心话语"就是"曝言"了。在出版是书时，老先生已经八十八岁高龄，是真正的"老名家"。关于书名的"郊叟"一词，周先生在前言里作了解释："上世纪70年代中期，社会上给了我一个代号———某教授。其谐音为牟郊叟。既然久居西郊，称为郊叟亦无不可。从此家人包括老伴和孩子们都以此见称。我也刻了一枚郊叟的图章。代号的谐音成了我的别号。"

《郊叟曝言》所收的文章，以怀人和序跋为主，是心里的真话。文章多为短文，体现了周先生一贯的文风，灵动、传神，也不失幽默。《纪念丁声树先生》《纪念邓先生》《悼念王岷源同志》等文，情真意切地叙述了同辈学人的人文思想和学术成果，说"邓广铭是二十世纪海内外宋史第一人”，说“他在史才、史学、史识这三方面都是很有特长的。他的考证是很精确的”。这样的评价非常中肯，也很负责任。

《郊叟曝言》里的序跋文，占全书近一半的比例。《〈自庄严堪善本书影〉后记》是关于周叔弢藏书捐献的记述，其他序跋文也都体现出作者的思想和趣味，并透露了一些鲜为人知的名人趣事。这些文章，大都由他口授，经他人笔录而成的。有趣的是，书中还收一篇用日文写作的、发表于1973年25号《北京周报》上的《回顾在日本逗留的一个月》。另有他注释的《大方先生联语集》。关于这位大方先生，集中也有一文，曰《〈大方联语辑存〉前言》，“联圣大方先生名尔谦（1872—1936），字地山，一字无隅，别号大方”。周先生对他的评价是：“文酒风流，声色追逐，其一生为典型的旧式文人生活。”《大方先生联语集》里，有许多联语都是关于周家的，计有数十条之多，如《赠弢翁三十岁生日寿对》，云：

　　生日似荷花，六月杯盘盛瓜果；
　　宗风接菰圃，三郎沉醉在图书。

另有赠周一良：

生小便能通鸟篆；闲来每与说龟藏。

周一良自注：

我童年在家塾中学写篆书，临摹泰山二十九字、汉碑篆额等，对钟鼎甲骨文字，也很有兴趣。还曾到大方先生家里，摹写他所藏的甲骨文字。大方先生赠我一联："生小便能通鸟篆；闲来每与说龟藏。"是长辈对后辈加以鼓励的口气，借用《龟藏》书名指甲骨文，与鸟篆相对也工稳。但当时有人看了说："小便能通四字相连，未免不雅"。大方先生说："那我就给你改写一下吧"。于是改为"生小善书通鸟篆；闲来考古说龟藏"。这样一改，严肃而死板，情感和风趣都远不如原来了。我后来还是裱了第一副，而我的篆书始终没练好，甲骨之学更未入门就放弃了。及今思之，有愧前辈厚望。可惜此联存南京成贤街史语所宿舍中毁于战火。

关于"联圣"大方先生，周先生对他大约颇有感情，周先生不但注释他的"联语集"，还在《郊叟曝言》的附录里，收《风月画报》和《北洋画报》关于大方的文章6篇，内容涉及大方的"新联""近作"的相关新闻和他逝世后亲友的挽联等。可见周先生对这位名士还是非常怀念的。

读《郊叟曝言》，能让我们更切近地了解这位名教授的人生趣味和思想追求，以及心随学术的晚年生活。

在《郊叟曝言》之前，周一良先生另有一本引起学界关注的自传兼带回忆师友的集子，名《毕竟是书生》，书中"详叙了他的身世、求学过程以及解放后的种种遭遇，文笔轻巧秀丽，如一位极具幽默感的历史老人，对人间是非如数家珍般地清点……"如果将两书对照来读，则更能清晰地读出他硬骨书生的形象，由此生发出对老一辈知识分子的敬意。

（文中未标明出处的引文，均引自宋路霞的《龙门风雨———周馥家庭商海沉浮记》一文）

2005年9月21日连云港河南庄

苏曼殊和他的诗

禅心一任蛾眉妒，佛说原来怨是亲。

雨笠烟蓑归去也，与人无爱亦无嗔。

这是苏曼殊先生《失题》诗之一。苏曼殊在短暂的三十五年人生生涯中，写了很多充满智慧的心语和禅意颇浓的诗。这些诗，不仅有一种凄清哀艳的美，也有一种弃俗绝尘的雅，在《西京步枫子韵》里，他说："生憎花发柳含烟，东海飘蓬二十年。忏尽情禅空色相，琵琶湖畔枕经眠。"在《读晦公见寄七律》里，更是抒发了情僧的风度："收拾禅心侍镜台，沾泥残絮有沉哀。湘弦洒遍胭脂泪，香火重生劫后灰。"

苏曼殊出生于1884年，是他父亲与一个日本女人的私生子。苏氏生活在这样的家庭里，身心自然受到压抑，早在1900年便萌生禅意，后在广东新会县崖山慧寺，由赞初大师剃度。又行至番禺县梅云寺和广州白云山蒲涧寺，几个月后便又回到日本。在日本，他钻研佛经，学习绘画，边学习边参加孙中山的革命活动，结识廖仲恺、何香凝等革命党人。1903年回国，用文言文翻译《悲惨世界》连载于陈独秀所办的《国民日日报》。年底去惠州拜一老僧为师，得字遭凡，法名博经，自号曼殊。纵观苏氏行色匆匆、极富传奇色彩的一生，可以说，既是一个诗僧，也是一个情僧，又是一位小说家，创作了《断鸿零雁记》《绛纱记》《非梦记》等小说。他的诗更是有感而发，率性而为，感情充沛，情真意切，人称"亦僧亦俗、亦侠亦儒的革命者和文艺家"。自称"天生情种"。他在日本有一个"相好"菊子，她后来为他殉情而死。他的一生，"处于欲爱不能，欲罢不甘，爱于不能爱，罢于不能罢的境地"。（"禅悟五人书"序）

苏曼殊的诗，和他的小说一样，多描写人生的悲欢离合和男情女爱，读来情深绵邈，荡气回肠，"清凉如美人，莫愁如明镜。终日对凝妆，掩映万荷柄"（《莫愁湖寓望》），不知是写美人，还是写荷花。"好花零落雨绵绵，辜负韶光二月天。知否玉楼春梦醒，有人愁煞柳如烟。"（《春日》）真是有哀有怨，有苦有涩，有悲感，有惆怅。"碧玉莫愁身世贱，同乡仙子独销魂。袈裟点点疑樱瓣，半是脂痕半泪痕。"（《本事诗》之三）同样是一叹三咏，情感浓厚。但，苏氏的诗于情爱悲欢中又不失一个"清"字，总是在苦涩中透出不经意的幽雅，有诗为证：

> 罗襦换罢下西楼，豆蔻香温语不休。
> 说到年华更羞怯，水晶帘下学箜篌。
>
> ——《东居》之三
>
> 秋千院落月如钩，为爱花荫懒上楼。
> 露湿红蕖波底袜，自拈罗带淡蛾羞。
>
> ——《东居》之七
>
> 蝉翼轻纱束细腰，远山眉黛不能描。
> 谁知词客蓬山里，烟雨按台梦六朝。
>
> ——《东居》之十四

倾读苏氏的诗，感觉如凉秋爽风里掺糅着淡淡的哀怨，还有一丝愁绪和伤怀，直沁肺腑，"清"和"淡"始终萦绕于心，又仿佛山月朗照下听杜鹃啼唤，听松涛轻吟，静心处融入绵绵月色。但是，细细品来，诗中还飘逸着禅味和理趣，淬去了多余的烟火气，具有佛家的慈悲为怀，洞悉人类的苦难和命运。

苏曼殊还译有《梵文典》第一卷，1908年出版一册《文学因缘》，他的《断鸿零雁记》尽管是用文言文写的，却是一篇具有现代意识的小说，通篇洋溢着浓郁的诗情和悲悯的情怀，是"旧小说向新小说过渡的重要桥梁"。他和陈独秀、刘师培等创建"亚洲亲和会"，和周树人（鲁迅）、周作人兄弟创办《新生》杂志。他数次往返中日，传经说法，吟诗会友，写作了数量可观的小说和译作，是近代中国罕见的"多面手"。

可惜，天不假年，苏曼殊因胃病于1918年5月2日病逝于广慈医院。1998年6月，沈阳出版社出版一套"禅悟五人书"，把他的作品集中收在《苏曼殊集》里（另四部文集分别是《李叔同集》《许地山集》《废名集》《丰子恺集》）。选编者查振科先生共选他的随笔9篇，小说6篇，以及数十首诗。查振科在序言里，说他"一生行色匆匆，极富传奇色彩"。在该书的封底上，有两句话恰如其分地体现了苏氏的人文思想，也是读者的阅读感受："纵使时光流逝，美妙的文字带你体味永恒禅意；任凭世事喧嚣，智者的心语引你参悟人生真谛。"

2001年12月29日

补记

中国书籍出版社编辑出版一套"中国书籍文学馆·大师经典"，其中有一本《苏曼殊精品选》，因我是丛书策划者之一，顺便在这里简略介绍一下这本"苏曼殊集"的选编原则。苏曼殊作品存世量不大，品种较杂，主要是诗，但按其他同类书的体量，诗也不够出一本，只好把其他文体也一并收入。本书分"诗歌""散文""小说""书信""题画·题照"。在该书封面上，推荐语有这样一段："他以其所处时代的道德、哲学等观念为创作基础，通过融合中外浪漫主义精神形成的凄绝清婉、直抒性情和透脱自然的新诗风格自成一体，成为五四浪漫主义潮流中的一座丰碑。"

有必要一提的是，五四时期著名文化大师周作人先生也对苏曼殊推崇备至，1930年他曾收藏苏曼殊的三本书：《曼殊诗文》《曼殊手札》和《曼殊轶事》。据陈子善先生在《知堂藏曼殊三书》一文中介绍，三本书"均64开本小册，所谓袖珍本是也"。该书原是周作人收藏，周氏于20世纪60年代初转赠给张铁铮，张又于1998年转赠给陈子善先生，并称陈为"会心周氏著作"，"会心"一词深为贴切。可惜我未能亲睹三书。好在山东画报出版社出版的陈子善著作《不日记》里，有《曼殊诗文》的书影，是由上海广益书局于1931年2月出版的，特别雅致好看。

2016年7月26日记于北京草房

《大唐三藏取经诗话》

　　鲁迅先生在1932年自编一本《二心集》，由上海合众书店印行，书中收入一篇不太引人注意的文章，《关于〈唐三藏取经诗话〉的版本》，是鲁迅先生以寄给开明书店中学生杂志一封信的形式发表在《中学生》杂志上的，鲁迅很谦虚地谈了对"诗话"版本的认识和对作者的存疑。

　　众所周知，由于《西游记》和连云港花果山的关系，对有关的资料，我素来有兴趣。鲁迅先生的这封信，我很早就注意到了，常常找出来看看，居然读出了一些别样的意味来。鲁迅在写《中国小说史略》时，疑《唐三藏取经诗话》的作者为元桀，但国学大师王国维早在1915年影印出版的《唐三藏取经诗话》序言中，就考证说："宋椠《大唐三藏取经诗话》三卷，……卷末有'中瓦子张家印'款一行，中瓦子为宋临安符街名，倡优剧场之所在也。"因此，断定其为宋椠。但是，鲁迅对王国维以地名考证的结论，并不太服气，他说："考证固不可荒唐，而亦不宜墨守，……也不专以地名定时代，如我生于绍兴，然而并非南宋人，因为许多地名，是不随时代而改的"。"所以倘无积极的确证，《唐三藏取经诗话》似乎还可怀疑为元椠"。郑振铎在《宋人话本》中，关于《唐三藏取经诗话》一段，简要说明了王国维和鲁迅的这段争论，并肯定了王国维的结论。鲁迅写给《中学生》的信，就是由此引出的，他对郑振铎"于唾弃中，仍寓代为遮羞的美意，是我万分惭而且感的"。

我们知道，《西游记》里，唐僧的原型和取经故事，起因于唐朝高僧玄奘到印度求法取经这一历史上的真实事件。但是在《西游记》成书之前，唐僧取经的故事已经在民间广为传颂了。民间传说的一般规律是，愈传愈奇，愈传离历史的真实性愈远，愈传神话的色彩愈浓。而且不同地区的传说往往又有自己独特的特色，虽然内容基本上大同小异，但小异之处不断扩大，不断丰富，增加了细节和描写。因此，数百年之后，这个故事就有了宋代人说书的底本《大唐三藏取经诗话》。可惜该书在我国久已失传，后在日本发现，系小字巾箱本，缺卷上第一页及卷中第二、三页。卷末有"中瓦子张家印"一行字。国学大师王国维就是根据这一款印，考证"中瓦子"为南宋临安府的街名，"张家"为书铺的牌号。同时，日本又发现《新雕大唐三藏法师取经记》的大字残本，内容与小字巾箱本同，但残缺更多。著名目录学家孙楷第在《中国通俗小说书目》里说到"一九一六年罗振玉影印本""一九二五年商务印书馆排印本"。并考证出两种书均"旧藏日本高山寺"。胡光舟所著《吴承恩和西游记》也说："这两种本子在我国都有了影印本，一九五四年，中国古典文学出版社以小字影印本为底本，参校大字影印本，出版了铅字本。"

《大唐三藏取经诗话》可以说是《西游记》见诸文字的最早雏形。这里的所谓诗话，即是书中有"诗"有"话"之意，和通常的诗话如《诗人玉屑》《麓堂诗话》《四溟诗话》等有着本质上的区别。《吴承恩和西游记》

里对这种"诗话"作这样的裁定:"宋元话本'入话'之时,一般都有诗词作引子,讲说过程中,也常引用诗词对人物事件进行评论。《大唐三藏取经诗话》里的诗,虽然也是中国传统的诗歌形式七言绝句一类,但究其内容,则近似于佛教的偈赞。话文也和佛经的形式近似。因此,它的体裁与晚唐五代流行民间的'讲唱经文'的'俗讲'相类似,是这一形式发展到宋朝的产物"。

吴承恩在创作《西游记》时,虽然淮海一带已经流传了唐僧西天取经的故事,但他必定是认真研读了《大唐三藏取经诗话》的,就是说,在吴承恩生活的时代,该书还没有失传,甚至在民间还用淮海锣鼓广为说唱。祖籍扬州的著名学者陈汝衡在《说书小史》《宋代说书史》《说书史话》等专著中,都说到说书人早在宋、明时代就编说过"西游故事"。用今人的眼光来看,有了这个故事作"底本",再加上花果山上的奇异风光和美丽景色,才有这部名扬中外的旷世巨著。

其实,《大唐三藏取经诗话》只有一万六千多字,分上、中、下三卷,如果译成白话文,也不过一部中篇小说的容量。其内容记叙的是唐僧一行六人,在前往西天取经途中，遭遇了各种妖魔鬼怪的折磨。情节虽然离奇，但并不曲折，宣扬的是佛法无边、化凶为吉的宗旨。而且该"诗话"文字也不够生动，甚至呆板，缺少细节描写和人物刻划，从文学艺术的角度去审视，应该是一部很粗糙的作品。全书分十七节，每节文字多的千余字，少的不满一百字。由于第一节缺，所以不知道它是怎样描写唐僧出身和西行缘起的。第二节开始时，已经是"僧行六人，当日起程"了。取经途中的国度有树人国、鬼子母国、女人国、沉香国、波罗国等七八国，受难的地方也不过香山寺、狮子林、长坑大蛇林等八九处。少数地方如长坑大蛇林、深沙神处等，和《西游记》有关章节相类似，特别是第十节"经过女人国处"，讲述的是女王想和唐僧成婚并让他做国王的故事，《西游记》里的描写，明显和它有着渊源关系。另外第十一节，写王母池的仙桃树"三千年始生，三千年方见一花，万年结一子，子万年始熟。若人吃一颗，享年三千岁"。又写仙桃状如孩儿，"面带青色，爪似鹰鹞，开口露牙"，这与《西游记》里五观庄里的人参果十分相象。更有意思的是，《西游记》里的主要人物孙悟空、沙和尚、猪八戒，在该书里已经有了原型，孙悟空的前身是"猴行者"，他和唐僧见面时作揖自称："我是花果山紫云洞八万四千铜头铁额猕猴王。我今来助和尚取经。此去百万程途，经过三十六国，多有祸难之处。"这和《西游记》里孙悟空的身份十分相似，而且"花果山"一词，要早于《西游记》很多年就出现了。这个信息非常重要，并不是《西游记》的作者吴承恩首先发现并使用"花果山"，他也不过是照搬了别人现成的东西。《西游记》里另一个重要人物沙和尚，该"诗话"里也有其前身，他的名字叫深沙神。猪八戒也在该书的后半部出现。

2004年11月1日初稿，2006年5月12日修订

《中国通俗小说书目》

　　《中国通俗小说书目》是我国著名学者孙楷第的重要著作，完稿于1932年上半年，1933年正式出版，作家出版社曾于1957年重印，1982年人民文学出版社又出新版。

　　我国通俗小说，耳熟能详的有多种。所谓的"四大名著""六大名著"，另外熟知的还有"三言""二拍"，至于《型世言》《品花宝鉴》《三遂平妖传》《桃花影》《灯月缘》《杏花天》《恋情人》《浓情快史》《巫山艳史》等也是其中的佼佼者。

　　考察我国的通俗小说，历史可上溯到魏晋南北朝时期，那时候就出现了大量的志怪小说和记录人物逸闻的志人小说。这时候的通俗小说从数量上看是相当可观的，现存的完整与不完整的尚有三十余种，其中以干宝的《搜神记》成就最高。相对来说，志人小说在数量上要少一些，只有刘义庆的《世说新语》流传。到了唐代，通俗小说进一步成熟，有数百篇唐人传奇流传下来，较著名的有《霍小玉传》《任氏传》《李娃传》《柳毅传》《莺莺传》等。

宋元以后，特别是明清两代，我国通俗小说发展进入高峰，创作生产了大批通俗小说，像《西游记》《东游记》《南游记》《北游记》《西洋记》《济公传》《牛郎织女传》《许仙铁树记》等都是这一时期的产物。另外如《金瓶梅》《镜花缘》《荡寇志》等都产生较大影响。我国的古典通俗小说，一直到李伯元的《官场现形记》、吴趼人的《二十年目睹之怪现状》、刘鹗的《老残游记》、曾朴的《孽海花》之后，才徐徐降下帷幕。《中国通俗小说书目》就是把我国各个时期或现存的或亡佚的通俗小说，以目录的形式简介给广大读者。作者孙楷第在《附记》里大概介绍了成书经过：

我这部书所录小说，以旧孔德中学图书馆、

旧大连图书馆、已故马隅卿先生、日本内阁文库所藏书为主，其他中外图书馆或私人所藏，本书著录者，多或数种，少只一种。虽有精品，总不如此数处所藏之富。

在《凡例》里又说：

本书所收，以语体旧小说为主。凡已佚未见及见存诸书，都凡八百余种。正书七卷，以四部总之；一曰宋元部，二曰明清讲史部，三曰明清小说部甲，四曰明清小说部乙。第四部又分四类：曰烟粉第一，灵怪第二，说公案第三，讽谕第四。其存疑目一卷，丛书目一卷，日本训译中国小说略目录一卷，并附于后。

此外，该书还附有书目索引和著者姓名及别号索引，这两篇索引，为我国古典小说研究者查阅提供了方便。

从事我国古代小说戏曲研究的人没有不知道孙楷第的。张中行所著《负暄续话》（黑龙江人民出版社，1990

年7月）里有一篇《孙楷第》，文中说："孙先生是小说戏曲史的专家，研究这些，走的是清朝汉学家的路子，用考证的方法，广收材料，于材料的比勘中辨明实相。这方法，这材料，甚至推出的结证，不往里钻的人不会感兴趣。往里钻的人呢，都熟悉孙先生的几部著作，主要有三种小说书目、两种戏曲考和沧州前后集。"又说：

"评价或推崇成就，称为乾嘉学派的殿军，孙先生可以当之而无愧。……（他）一生喜欢考，考这考那，几乎都取得令人信服的成果。……他研究小说戏曲，大致说内容是我国文献的后半段，可是文献的前半段，他同样是了如指掌。一次在未名湖畔闲谈，我问他，著作中引用这么多材料，是不是都有卡片。他说有些卡片，但是不多，主要还是靠记，譬如史部，前四史到新旧唐书，他差不多都记得。这使我想到历代的学术界名人，如颜师古、苏东坡、钱牧斋、纪晓岚之流，四部的重要典籍，大致是都能背的。能背来于熟，熟来于勤，勤还有来源，是迷

恋，所谓死生以之，在孙先生的身上，我有幸还
能见到这样的流风余韵。"

从《中国通俗小说书目》序言里，我们即可看出孙楷
第先生治学之严谨，从1933年该书出版，到1957年重印，
二十多年里，他一直都在搜集这方面的资料，不断对该书加
以补充和完善，如在补充明万历本《金瓶梅词话》附言说：
"一九三三、三四年间，徐森玉先生、赵万里先生和我在琉
璃厂文有堂发现替北平图书馆购买的。"在补充明崇祯刊本
《隋史遗文》附言说："一九三五年我为北京大学买一黑纸
本，缺数页，后来孙蜀丞先生买得一白纸本，系日本人收藏
过的，精绝。闻此本今归国立北京图书馆。"

让我们很难相信的是，孙楷第先生一直是在身体不佳
的情况下从事学术研究的，在《重订通俗小说书目序》
里，作者如是说：

一九五五年，我从大连养病回来，作家出版
社编辑部将此书初印的样张全部寄给我，要我看
看。我此时精神略好些，便从头看起，随看随

改。看了一个多月，病又发了，将稿送回。休息了两三个月，又好了些。于是，索回稿重看。

又用了一个多月的工夫，终将样张全部看完。前后两次看样，书名添了二三十个。书解题后的附录添了七八处。小传改作了几个。对于原本文字，遇有不宜者，亦略加点定。

张中行也在文章中几次讲述他身体的不佳，说他"人清瘦，总是像大病初愈的样子"，而且说他"家道必不是富裕的"。这是1930年左右的印象，此时孙楷第在北京师范大学任助教，到通县师范兼课，这时候，他已经在作《中国通俗小说书目》了。此后，他"清瘦的程度有增无减"，"……五十年代初，他身体情况似乎更下"。说到他家境不富裕，张中行又举一例，"……不知什么困难不能克服，所有的存书，连带书柜，以四百六十元的代价，让中国书店运走了。他的书，我知道，相当多……"近日翻《胡适来往书信选》（中华书局，1980年8月），第1187通是孙楷第致胡适的一封信，信中历数了他的病和家境的贫困，"先生（胡适）对于我的热心与同情，允许给我孩子找事，为我的状况着急，我不能用文学上的形容来向先生表示感激之意……前天看报看到北大中文系学生要为我捐款养病的话……如已捐了，应即退还。……我知道了，又与泽承信说，因病而受人之赃，是以病市也，耻孰甚焉。……我病已过去，惜尚未复元，须静摄"。信是1948年1月15日写的。此时胡适是北京大学校长，孙楷第已经是北大的名教授了。如此一个大学问家，一边要同病魔做斗争，一边还要为家贫而操心，同时还要潜心做学问，难怪张中行感叹说："我是宁愿洒一些同情之泪的"。（《负暄续话·孙楷第》）孙楷第有一首《有感》，诗曰：

世运何人值半千，数奇亦不怨苍天。
少年往事贫犹忆，老子于今困可怜。
旧稿丛残如敝帚，寒家古物是青毡。
他年与我俱灰烬，偶一思之尚惘然。

诗中，除了"往事贫犹忆"，于今日也"困可怜"。最后只能是"偶一思之尚惘然"了。他在《赠邓之诚文如四首（之四）》里，更以忧伤的笔调写道：

三字贫愚病，一生清狷狂。

来身为士辱，低首事人忙。

行路仍多碍，归耕未有方。

诗书真误我，岁暮转凄凉。

　　现在，当我手捧这部淡黄色封面的《中国通俗小说书目》，徐徐翻之阅之时，心里久久难平。老一辈学者著书问学的精神时时感动着我，他们研究学问的深厚热情与执着追求也激励着我。我真为自己时常心懒手惰而羞愧。中国学问如浩瀚长河，涛似连山，浪花滚雪，江声浩荡，源远流长，需要一代又一代的学人不懈追求。但是，我真心希望不应再有"诗书真误我，岁暮转凄凉"的感叹了。

2000年7月8日夜